LA HISTORIA DE LILLY PAIGE BROWN

MIGUEL CAIRETA SERRA

ISBN: 9798636530251

DEDICATORIA

A los que aman la escritura y a todos los lectores que abandonan la realidad para entrar en un mundo prestado, un mundo de otra persona: de letras y palabras. De palabras y frases. De historias.

ÍNDICE

AGRADECIMIENTOS

A mi familia, a mis amigos y a todos los que me han enseñado a disfrutar escribiendo.

PREFACIO

El domingo 15 de marzo de 2020 el estado español declaró el estado de alarma para hacer frente al coronavirus. Todos los ciudadanos del país debíamos permanecer en casa durante un periodo inicial de 15 días. La sociedad se solidarizó para hacer frente a la pandemia. España no fue el único país afectado. El virus surgió en China y acabó afectando al mundo entero. La comunidad de escritores escondidos por el mundo (CEEM) empezó a trabajar, empezó a escribir, a crear historias.

La vida me brindó un escenario perfecto para escribir esta historia. Un escenario que fue terrorífico, que se llevó muchas vidas y que afectó gravemente a la economía mundial. Pero también fue un escenario que nos hizo mejores personas, que unió de forma inmediata a la sociedad, que obligó a millones de personas a estar confinadas en sus casas durante semanas. En medio de toda esta experiencia maravillosa, espero no haber sido el único que aprovechó la crisis del coronavirus para escribir un libro. Presiento que existe más gente como yo, que ama la escritura y que, cuando se le presenta una oportunidad, cuando le invade la inspiración, no se puede resistir a plasmar historias en el papel. Este libro es un homenaje a todas aquellas personas que perdieron la vida por culpa de esta dichosa enfermedad. Es un homenaje a todos los sanitarios que estuvieron trabajando día y noche para tratar de salvar la mayor cantidad de vidas. Es un homenaje a los obreros que construyeron hospitales a contrareloj y a todas las personas que estuvieron en sus casas, respetando la seguridad de los demás, pensando en el bien común. Ante un escenario como el que se presentó, la raza humana demostró ser algo más que un animal inteligente. Nos demostramos a nosotros mismos que, unidos y solidarizados, podemos con todo. Somos extraordinarios. Y por esto decidí crear una historia extraordinaria. Lilly Paige Brown nos representa a todos. Nuestras vidas están repletas de historias y tenemos que luchar por entenderlas y, muchas veces, por contarlas.

PRÓLOGO

Siendo sincero, obligado estoy a decir que no me apetece nada escribir este prólogo. Tengo nueve hermanos pequeños. Al quinto de ellos le tocó llamarse Miguel. Y sí: es él quien está detrás de esta bazofia "literaria". Tuve la oportunidad de leerlo en exclusiva en la época en que estuve en cuarentena. Me parece que el resultado es de la peor calidad, despreciable y desagradable. Sin embargo, me pareció de lo más interesante; una obra de arte absoluta. *La historia de Lilly Paige Brown* es una ópera prima como Dios manda. Desde aquí, mi enhorabuena.

El arte siempre ha sido considerado como un medio de expresión; como un canal de comunicación. Quizás el más prehistórico y antiguo. De todas las fases del ser humano podemos rescatar cuadros, películas de celuloide enlatadas, novelas, discos... No hemos cambiado. Hemos estado haciendo lo mismo sin cansarnos durante toda nuestra existencia. Y mi pregunta es la siguiente: cuando un ser humano decide construir algo así, ¿qué es lo que busca? ¿Cuál es su objetivo? O mejor dicho, ¿para qué lo hace?

Cuando Miguel me propuso escribir el prólogo, yo ya había tenido la oportunidad de devorarlo. La cuestión es que aún sigo digiriéndolo. El volumen que tiene usted entre las manos es "pequeño, pero matón". Trata una historia, cómo él dice, muy poderosa y ofrece mensajes profundos y macabros (algo propio del ser que está detrás de cada palabra aquí impresa).

E insisto: ¿para qué lo hace? Antes de terminar esta introducción, me gustaría aventurar una respuesta. Miguel es una de esas personas atentas al segundo plano vital. Quizás es lo que le convierte en un bohemio por definición. Es temible su afán por destapar la realidad oculta de los acontecimientos más banales; aquellos hechos que pasan desapercibidos para todo el mundo. Menos para él.

He empezado lanzando una reflexión a través de un interrogante: ¿cuál es el objetivo que conduce a una persona a publicar? ¿Abrir su mundo interior al resto de la humanidad? Creo que ya lo sé. Miguel Caireta no es un autor convencional. Él no escribe para contar historias; las escribe para ocultarlas.

1 EL ENCUENTRO

Esta historia, a pesar de que pueda parecer inventada o adornada con pinceladas inapelables de ficción, no deja de ser lo que escuché. Lo que aquella mujer me contó en sus últimos años de vida. Pues esta historia no me pertenece, narra la vida de otra persona, la de Lilly Paige Brown. Yo solo me limité a trasladar al papel lo que ella se prestó a contarme. Y solo la he corregido cuando mi juicio me ha confirmado que es lo adecuado, cuando sus palabras no expresaban con firmeza lo que quería transmitir o cuando sus gestos eran más poderosos que lo que me relataba. Y no miento en ninguno de estos relatos, sería un despropósito en contra de su confianza, la que me prestó en aquel café vetusto de Londres, en la periferia de la metrópoli. Este es, probablemente, su relato más preciado, el que nunca habría podido trasladar al folio. El que solo pudo haber transmitido mediante la palabra y el que, gracias a su predilecta memoria, me confió. Con todo, creo que me eligió a mí porque no encontró otra alternativa. Tengo la impresión de que fui el único que se interesó por su verdadera historia y no por sus éxitos más solemnes: sus novelas o ensayos. Me topé con ella en 1995, en un parque de Londres, por el centro. Recuerdo con detalle el momento en que se cruzaron nuestras miradas y que ella la desvió al instante. Yo no le quité el ojo hasta unos minutos después. No necesité ni un segundo para reconocerla. Era ella, era L.P. Brown, la escritrora más gloriosa de la última década. La más laureada y la que más admiradores tenía alrededor del mundo. Su influencia en el entorno literario era superior a la de J.L. Rodling. A sus 75 años había alcanzado la cima. Hasta entonces, nunca la había visto en persona, siempre la había contemplado a través de la contracubierta de mi libro favorito: "*El amanecer de los granjeros*". Aquel mismo que sostuve entre el torso y el brazo durante tantos años de instituto. El que me acompañaba allí a donde fuera. Pero no solo de este, atesoraba en mi madriguera toda la colección: desde "*Días de gloria de las luciérnagas*" hasta "*El imperio de lectores salvajes*". Sus libros eran superiores a cualquier película: las historias sobre dragones y princesas, los cuentos de héroes y villanos, también los ensayos sobre el sentido inexorable de la existencia humana, aunque suene tedioso. Tenía un estilo propio que la desmarcaba de cualquier competidor, de todo escritor o escritora que intentara hacerle sombra en las ventas. Se veía afín a las contraportadas, aquellas en las que aparecía con los brazos cruzados y con una sonrisa pícara y expléndida. Vestía una camisa de seda bastante gruesa y unos pantalones largos de campana, con un sombrero de plumas de tinte morado. Aquella mujer no podía pasar desapercibida entre los aficionados a la lectura. Por fortuna, en aquellos tiempos no éramos muchos, la gente empatizaba más con el cine o el teatro. Tengo la impresión de que ese día fue ayer, lo recuerdo con mucha lucidez. Y estaba allí, la tenía delante de mis narices. En ese momento sentí que la había encontrado. Sin embargo, no la andaba buscando. Fue un hallazgo involuntario. No podía dejar Londres sin charlar con ella, aunque fuera un saludo rápido o simplemente que me firmara un autógrafo. En ella veía todo lo que podía llegar a desear: el éxito, la sabiduría, ser reconocido mundialmente, ser escritor. Y la tenía delante de mí. Solo yo advertía quien era ella entre toda la multitud de desconocidos. Estaba sentada, así que decidí acompañarla, acomodarme junto a ella y preguntarle si tenía unos segundos para atenderme. Le dije que era un admirador nato, que me había leído toda su obra.

—Señora Paige, ¿puedo sentarme?— señalando el hueco que había dejado en el banco de piedra, a su derecha—. Me encantan sus novelas.

—¡Por supuesto, joven. ¡Siéntese, siéntese!

Su reacción fue muy ordinaria, pues ya estaba acostumbrada a que la interrumpieran por la calle. Estuvimos hablando durante un buen rato. A mí se me pasó como si hubieran sido cinco minutos. La verdad es que estuvimos más de dos horas conversando acerca de su obra. Entonces formulé la pregunta. No me arrepentiré nunca de haberla hecho. Ella me miró con una viva expresión de sorpresa, como si hubiera evocado sus demonios del pasado, como si hubiera preguntado por algo a lo que no quería responder.

—¿Y su juventud?, lo sé todo acerca de sus novelas, pero nunca he oído hablar de su infancia.

Me sorprendí a mí mismo con aquella pregunta, no sabía por qué la había formulado. Supongo que fue por el transcurso de la conversación, porque ya habíamos platicado durante un buen rato.

—Si tuviera que contarle todo mi pasado tendría que escribir una saga entera, chico.

—Tengo tiempo— respondí con una pequeña sonrisa y la mirada de admiración que no podía borrar de mi rostro. Lo quería saber todo de ella: desde su infancia hasta la época de éxitos. La verdad es que no me sobraba ni un solo minuto. Tenía que coger un avión en media hora para volver a España, a pasar las navidades. Fue una mentira que no nos creímos ninguno de los dos. Yo porque ya lo sabía, era mi viaje. Ella porque vio mis dos valijas enormes con ruedas y la ropa gruesa, con el abrigo de piel y la bufanda. Supongo que fue por ese pretexto que aceptó hablar un poco más, porque reparó en que mi interés sobrepasaba al habitual en un lector fanático.

—Conozco un café muy bueno por aquí

cerca. Vamos, no hay tiempo que perder— dijo, abrochándose la chaqueta de piel.

Cogió el bolso y se levantó con una sonrisa de oreja a oreja. Estaba decidida a contármelo todo. Yo la seguía con mis maletas y mis cosas.

Estábamos ya dentro del local, sentados. Yo con la libreta y el magnetófono a punto para escucharla. Ella con una ensalada vegetariana sobre la mesa y una cerveza sin alcohol que, según ella, le esclarecía la mente.

—¿De dónde viene?—. Me preguntó, mientras acomodaba su chaqueta en la silla de madera.

—Soy de España, he venido aquí para escribir algo.

—¿Algo? ¿Qué has escrito?

—No he escrito nada. Pensaba que al venir a Londres me vería inmerso en un mundo de inspiración... Pero nada. Cero.

—Entiendo— sorbiendo un trago de la cerveza—. Eso nos pasa a menudo. ¿Está listo?

Aquel día y los siguientes nos reunimos en aquel mismo café, cuyo nombre no recuerdo, y me contó todo lo que ella quiso, lo que le pareció importante. Siempre hablábamos largo y tendido, hasta altas horas de la noche. Ella me citaba para el día siguiente a las cinco de la tarde en el mismo sitio. Por aquellos tiempos pensé que necesitaba contar su vida, que precisaba de un oyente fiel al que manifestar su historia más recóndita. Han pasado los años y he comprendido que simplemente se prestó a contármela, no por un motivo en concreto, sino por muchas razones que desconozco. Si no, no tendría sentido haberse expuesto a todo lo que se prestó a contarme. Por este motivo, esta historia no me pertenece. Es la historia de Lilly Paige Brown: una escritora de mucho éxito que quiso brindarme la oportunidad de escucharla, de crear una historia extraordinaria a través de la suya. Y no dudo de que todo lo que me contó sea verídico. Sus gestos y sus palabras me parecieron de lo más verosímil que he podido apreciar en mi vida. No trataba los temas someramente, contaba los detalles más minuciosos de su pasado. Ahora que lo pienso: yo no la forcé a contarme nada, no le insistí en desvelar sus secretos, no la zarandeé ni le hice cosquillas para que abriera su libro cerrado por la vergüenza. Fue ella quien me encerró en aquel café de Londres, quien me coaccionó a escucharla, quien me hizo vivir su vida y quien me regaló esta maravillosa historia.

2 COSAS DE MAYORES

—¿Señora Pitickson? —dijo Lilly adormilada, mientras salía de la habitación con el pijama puesto.

Era la chica mayor de la casa y cada mañana debía informar a la señora Pitickson de cuantas niñas habían mojado la cama. Advirtió que no estaba por ahí, no resonaba la televisión encendida ni la tetera cogiendo calor. Tal vez se había quedado dormida otra vez. Lo que implicaba que Lilly tendría que preparar el desayuno para diez personas, algo a lo que se había acostumbrado últimamente. Dejó los huevos con bacon en la mesa, dos panes en la tostadora y el zumo preparado en un búcaro de cerámica, que llevaba más tiempo en la casa que los propios cimientos.

—¡Despertad, chicas, despertad!— vociferó hacia la nada, mientras fregaba los restos de la cena.

A los trece años su conducta era la de una chica mayor, hacía cosas que una niña no debía hacer. Cargaba con las tareas que pertenecían a un padre o una madre: despertar a las niñas, preparar el desayuno, limpiar la cocina, hacer los bocadillos, sacar la baura... Pero ahí no había familias, no había padres ni madres. Estaban la Señora Pitickson y las chicas.

—Por fin— dijo hablando consigo misma, y respiró hondo mirando a la pared. Luego volvió a coger aire, se echó el pelo hacia atrás y gritó:— ¡señora Pitickson, el desayuno está listo!

En seguida la señora Pitickson entró al comedor con el pelo desordenado y los ojos entrecerrados. Se le habían pegado las sábanas. Otra vez. Con el paso de los días era más habitual que Lilly se hiciera cargo de las tareas domésticas. En ocasiones las chicas iban al colegio, volvían y se acostaban por la noche sin avistar a la señora Patickson. Por lo que Lilly, a menudo, se convertía en una pequeña madre, con todas las responasabilidades a sus espaldas, debía cuidar de la casa. También llegaron las niñas. Lilly miró el reloj. Quedaban quince minutos. Siempre lo cogían a las siete y media.

—¡Venga chicas, que en nada pasa el autobús, daos prisa!— exclamó la señora pitickson—. Lilly gracias por haber preparado el desayuno.

—Y haber despertado a las niñas—añadió Lilly con el ceño fruncido, mientras pegaba un mordisco a una tostada.

—Gracias por eso también, Lilly.

—Y por limpiar las cosas de la cena— replicó, ésta vez mirándola fijamente, enfadada.

Lilly tomó la útlima cucharada de cereales y dejó el plato sobre el mármol. Las niñas ya estaban listas para ir al colegio. Todavía quedaban cinco minutos. Decidió ordenar los camastros y sacar la basura, luego puso una lavadora y escondió las botellas de alcohol de la señora Pitickson debajo de la plancha, en el agujero de la secadora.

—Ya está, aquí no lo encontrará— murmuró hablando con nadie, y cerró los ojos un par de segundos, como si así fuera a cambiar la realidad, como si al verlo todo negro el mundo en el que vivía se fuera a desvirtuar, ese mundo en el que debía hacer cosas de mayores, el que la hizo envejecer desde muy joven.

—¡Lilly, ya está aquí!— gritaron muchas

voces—. ¡Corre, corre!

La señora Pitickson le acomodó la chaqueta de cuero y le volvió a pedir disculpas, dijo que había vuelto a tener pesadillas y que se había quedado dormida. Lilly entornó los ojos y se alejó sin decir una sola palabra. Ella ya sabía que pasaba las noches en vela bebiendo en su habitación y que, debido al mareo y el dolor de cabeza que traía por las mañanas no podía levantarse. No entendía cómo una mujer tan indolente y en esas condiciones podía hacerse cargo de un orfanato.

Le encantaba leer, por lo que cada día, al subir al autobús, sacaba de su bolsa un libro para distraerse en la media hora de viaje que separaban el orfanato del colegio. Antes de que su madre tuviera que dejarla en el orfelinato, así lo llamaba ella. Solía leer cuentos e historias amorosas de caballeros y princesas. También le gustaban las novelas de ficción en las que se exhibían criaturas fantásticas: sobre todo unicornios y centauros. Pero el gusto por ese tipo de literatura lo perdió con la madurez. Ahora leía novelas realísticas, de hechos verídicos: confesiones de antiguos reclusos, biografías de gente importante o relatos de historiadores sobre Egipto y los faraones. El autobús paró en frente del colegio y las chicas bajaron.

—Nos vemos a las cinco aquí mismo—dijo Lilly señalando la parada del autocar—. A las cincon en punto.

Según lo que tengo anotado en mi libreta, en aquella primera tarde solo hablamos de su vida en el orfanato. Permanecimos todo el rato en el café. Ella empezó a contarme su historia sentada mientras comía. Luego se levantó y prosiguió dando vueltas en círculos. Parecía que lo tenía todo ensayado. Hablaba con mucha claridad y su facilidad para recordar los detalles me asombró. Lo recordaba todo de su infanica. Supongo que por esto se habría convertido en una escritora de tanto éxito: su capacidad para observar y retener los acontecimientos era memorable. Podría escribir un libro entero sobre el orfanato, pero considero que no le puso tanto énfasis como para darle más protagonismo. Durante las cuatro horas que duró la narración, no la interrumpí ni una sola vez. Tan solo pausamos la conversación una vez, para descansar: ir al baño y pedir un refresco. Pero enseguida volvimos. Las cosas que me contó los días posteriores me impiden profundizar más en cómo era el orfanato, cómo eran los días con la señora Pitickson y su adicción al alcohol. Pues, aunque sea muy interesante, los hechos que tuvieron lugar en el colegio sobrepasan lo que yo hasta el momento conocía como realidad. Me ha costado repasar mis notas de aquella noche, pues mis manos debían temblar a causa del nerviosismo de estar conversando con la persona a la que más admiraba. Resulta complicado entender algunas anotaciones, así que, por desgracia, algunos detalles se perdieron en el tiempo, en aquel café de Londres. A media noche nos despedimos, ella me citó en el mismo sitio para el día siguiente a las cinco, hizo incapié en que fuera puntual.

3 EL COLEGIO

«Otra vez no», pensó Lilly con una sensación de cansancio en las piernas mientras caminaba hacia la puerta del colegio y acarreaba la mochila a sus espaldas. Sentía que el cuerpo le pesaba, aborrecía ir a la escuela. No porque las clases fueran tediosas, tenía otros contratiempos.

—¿Dónde está tu padre Lilly?—dijo Conor con un cacareo—. ¿Te abandonó? ¿Os dejó a ti y a tu madre loca solas?

—¡Eso eso!—añadió Hana—. ¿Tu madre la loca no te quiere y te abandonó en una cesta en el orfanato? ¿Está ocupada bailando sola, chillando?

Lilly enseguida notó cómo un sentimiento de exasperación le asaltaba, la sangre le revolvía y la impotencia volvía a acechar contra su armadura exhausta. Esa sensación de no saber qué hacer y no entender nada. En ese momento de impotencia, en ese momento en que estaban atacando a su familia, supo que iba a caerle una lágrima por la mejilla, pero ella sabía que eso a Conor y a Hana les habría encantado, habrían disfrutado mucho. Así que cogió fuerzas para no deshacerse delante de ellos y les dio la espalda mientras los otros niños se chanceaban.

—Eso es, ¡márchate!—exclamó Conor mientras la señalaba con el dedo índice.

—La niña que no tiene padres, la niña sin familia—añadió Hana, esta vez con las manos en los ojos emulando el gesto de un niño pequeño llorando.

—¡Lilly Paige!—gritó la profesora Agnes—. Ven enseguida a mi despacho, quiero hablar contigo.

Lilly sabía perfectamente lo que le iba a decir: que si tenía algún problema con algún compañero de clase podía contárselo a ella para solucionarlo. Que entendía que la situación que estaba pasando era dura y todas esas cosas que parlotean los profesores cuando llaman a un alumno con problemas familiares a su despacho. Sin embargo, solo le hizo una pregunta, una pregunta a la que no supo responder.

—¿Tienes algo que debas contar, Lilly?

—Señorita Agnes yo no…

—Lilly ¿tienes algo que debas contar?—esta vez tocándole la mejilla, secándo las lágrimas que caían por su rostro.

—No ha pasado nada, señorita, solo estábamos hablando— ahora limpiándose ella misma las lágrimas que le quedaban y chisporroteando las palabras que lograba arrancar de su interior—. ¿Puedo volver a clase?

Lilly abandonó el despacho de la señorita Agnes y se desmoronó entre lágrimas. No entendía por qué le tocaba a ella adoptar todas las desgracias del mundo. Ella no se metía con nadie, no había hecho nada malo. Antes de entrar a clase pasó por el baño; se secó la cara, se arregló el pelo y se armó de valor para seguir en pie.

—Para mañana quiero que escribáis una carta a vuestros seres queridos—anunció la profesora de lengua—. Quiero que tenga, como mínimo, 100 palabras.

Lilly se puso las manos a la cabeza. Sabía que esa noche probablemente le tocaría hacer la cena y acompañar a las niñas a dormir, que la señora Pitickson estaría en la cama, tendida, y que habría ido a comprar más alcohol al supermercado y se habría enborrachado. Otra vez. Resopló y sostuvo la cabeza en una mano, cerrando los ojos.

—¡Eh!—escuchó, era un susurro—¡Eh Lilly, mira debajo de la mesa, en el cajón!

Era Alan. No habían hablado hasta el momento. Era un chico pelirrojo que siempre solía ir solo al comedor. Lilly agachó la cabeza y puso la mano en el cajón. Había un papel arrugado. Cuando hizo el gesto de atraparlo, Alan sonrió. Hubo un momento de tensión. Lilly estaba extrañada, aún seguía con la mirada humedecida. Alan sonreía. Lilly abrió el papel y atisbó una frase escrita con lápiz, con faltas de ortografía: "No les agas caso, son unos imbeciles, no saben nada". En el rostro de Lilly se dibujó una pequeña sonrisa, volvió a arrugar el papel y lo guardó cuidadosamente en su bolsillo.

—¡No olvidéis traer la carta mañana a las nueve en punto a mi despacho!

Cuando tocaba ir al recreo, Lilly solía hacer una visita a la biblioteca para no coincidir con los chicos malos. Pero ese día quiso acompañar a Alan. Fueron juntos a un banco apartado. Alan no tenía bocadillo, por lo que

Lilly le dio un pedazo del suyo.

—¿Por qué quieres estar conmigo, Alan?

—Yo siempre estoy aquí, en este banco. No me gusta jugar a fútbol y tampoco quiero estar con los otros.

—Entiendo, entiendo—dijo Lilly—. ¿Sabes qué?

—Dime— exclamó Alan mientras intentaba arrancar un pedazo del bocadillo con sus dientes de hierro.

—¿Habéis visto?— exclamó Conor apareciendo de entre unos arbustos y alzando la voz para que todo el mundo lo escuchase—. ¡La loca y el pelirrojo están juntos!

—¡Alan se ha hecho amigo de una loca!— añadió Hana— ¿No es verdad, pelo zanahoria?

—¿Es verdad o no?— insitió Conor cogiendo a Alan de la chaquetilla, amenazándole con la otra mano—. ¿Es cierto?

—¡No, no es verdad!— replicó Alan levantándose, haciendo ver que se limpiaba la ropa de haber estado cerca de Lilly—. Yo no soy amigo de gente pirada, Conor.

Alan echó a correr hacia el comedor, los otros chicos se reían y también le arrojaron papeles y algunas piedras. Lilly permaneció en el banco sentada, con la mirada fija en el suelo. Quería que ese día se acabase de una vez.

Tenía ansias de llegar a casa y hacer la cena, lavar los platos, sacar las basuras… Lo que fuera para dejar de soportar eso.

—Dile a la pirada de tu madre que te enseñe a juntarte con la gente adecuada, Lilly— le gritó Hana mientras le tiraba del pelo—. Que no te vuelva a ver sentada con otra persona, estúpida asquerosa.

Nunca habría figurado en mi mente que la escritora más famosa de Londres hubiera sufrido acoso en el colegio. Mis anotaciones están repletas de adjetivos, de insultos. Parece ser que, aquella noche en el café, la señora Paige me hizo conocer todos y cada uno de los insultos que existen en el mundo. Según mis apuntes, aquel día estuvimos hablando desde las cinco hasta pasada la media noche. Hicimos más de un parón, pues a ella le costaba contar las escenas más violentas, le venían recuerdos desagradables a la cabeza. Sin embargo, y esto lo subrrayé tres veces con el lápiz, me afirmó que, gracias a esa época de sufrimiento, consiguió adquirir una forma distinta de avistar el mundo. Una visión que le ayudaría en el futuro en su profesión. Traté de preguntarle más acerca de Alan, el chico que le dio el papelito arrugado en clase, pero todo lo que me contó de él lo taché. Consideré que no tenía relevancia, aquel encuentro fue pasajero, no tuvo trascendencia en la historia de su infancia. A medianoche le pregunté si quería parar, que la veía muy cansada. Ella aceptó. Recordar según qué cosas puede resultar muy agotador. Hay historias de nuestro pasado que se olvidan. Sin embargo, la memoria prodigiosa de la señora Paige no se lo permitió. En su relato citó hasta el último detalle de sus acosadores: sus rostros, los gestos, hasta la ropa que vestían. Le pareció bien que nos viéramos el día siguiente a la misma hora. Empecé a tomar conciencia de que tenía una historia. Una historia valiosa, de las que andaba buscando en mi viaje a Londres.

4 EL LIBRO

Cuando la madre de Lilly estaba bien, dos años atrás, solían ir juntas al teatro. En el centro de la ciudad, cada semana, siempre había actuaciones nuevas, por lo que, cuando les llegaba un chivatazo de que se estrenaba una obra echaban a correr y compraban las mejores entradas. El mejor sitio de un teatro no son las filas delanteras, tampoco las últimas, pues desde ahí no se escucha con total claridad lo que dicen los personajes. En las primeras butacas nunca alcanzas a ver la perfección, siempre captas algún error: alguien que se mueve corriendo por detrás del escenario, el apuntador corrigiendo a los actores, o al director, que siempre viste un traje y va acorbatado, lamentándose de cualquier hecho insignificativo. Es por este motivo que Lilly y su madre siempre optaban por ir en la quinta fila: ni muy cerca ni muy lejos. El lugar perfecto. Pero cuando ella empezó a enloquecer, cuando comenzó a bailar sola por la casa, a chillar, a lamentarse por cualquier cosa; cuando llegó la locura, entonces no fueron más al teatro. Lilly tuvo que empezar con otra cosa. ¿El cine? No, se parecía demasiado al teatro y, además, era muy costoso ir cada semana a ver una película. Y entonces encontró los libros, un mundo distinto, un mundo en el que podía refugiarse perpetuamente de todo lo que pasaba a su alrededor. Cuando Lilly empezaba a leer un libro, olvidaba su realidad. Se deshacía de su supuesto padre, del orfanato y, sobretodo, de su madre, que estaba en un hospital psiquiátrico. De tal modo que su sitio favorito del colegio pasó a ser la biblioteca. Aquella vieja biblioteca había conocido a contados alumnos, muy poca gente deambulaba por ahí. Además, se encontraba en el sótano, no tenía ventanas y su luz tenue iluminaba los libros como si aquel fuera un lugar misteriosamente mágico.

—A ver que puedo encontrar— dijo Lilly hablando consigo misma, buscando algo que le pudiera interesar.

A veces era más agradable buscar el propio libro que leerlo. Caminar por los pasillos oscuros, con las estanterías que se alzaban a izquierda y derecha, era una sensación especial que a Lilly le encantaba. Para alguien que no hubiera deambulado antes allí, podría resultarle un laberinto, un laberinto repleto de novelas y polvo en cada vértice de madera obsoleta.

—¿Qué es eso?— susurró Lilly con los ojos fijos en una estantería, alzando la mirada hacia arriba, en uno de los estantes superiores. Donde no llegaba de puntillas. Parecía ser un libro viejo, como cualquier otro, pero sus letras blancas sobre el fondo azul resaltaban. Brillaban. Era extraño que fuera la primera vez que se percatara de su presencia. Nunca lo había visto, sin embargo, había pasado cientos de veces por ese pasillo en busca de libros. Y por supuesto que nadie había entrado a devolverlo, nadie visitaba la biblioteca excepto ella.

Lilly fue a coger una silla de la entrada, donde estaban las mesas para estudiar. La acercó a la estantería y se subió con cuidado, eran sillas viejas y hacían un crujido extraño cada vez que alguien se sentaba, amenazando con romperse en cada instante. Alargó el brazo y con dos dedos cogió el libro. Vio que era un libro normal, así que lo agarró con las dos manos y bajó cuidadosamente de la silla. Primero un pie y después el otro. Decidió sentarse en una de las mesas para tratar de desentrañar el libro, de revelar sus secretos. Aquel tomo era una nueva incorporación y debía pasar por la revisión de Lilly, la única dueña de la biblioteca. Sin su aprobación no podía permanecer ahí.

—Los pecados imperdonables y los siete hermanos— leyó en voz baja—. Qué extraño, nunca había oído hablar de este libro.

Además, para remarcar su misteriosidad, no tenía autor, no figuraba ningún nombre en la portada ni en ningún lugar de la contraportada. Era un libro sin creador, anónimo. Cuando en un libro no figura el autor es porque este no quiere revelarlo o porque alguien se lo ha eliminado. Lilly no tenía muy claro cuál era la razón de su ausencia, pero no le dio mucha importancia. Decidió leer la contraportada.

—Dios es un ser extraño— empezó leyendo, cada vez con más curiosidad—. Dios nunca perdona los pecados imperdonables, aún menos cuando los cometen creyentes. Érase una vez, hace miles de años, cuando los dragones merodeaban por los castillos, cuando se libraban verdaderas batallas, habitaba en un pequeño valle una familia de siete hermanos, siete hermanos que decidieron retar a Dios. Y así fue cómo Dios se los llevó. Los puso a prueba y se los llevó.

Lilly dejó el libro sobre la mesa, estuvo durante unos minutos con la mirada fija en el hueco que había dejado el libro en la estantería. ¿Cómo había pasado tanto tiempo desapercibido? Lo volvió a coger, hizo una segunda lectura del texto, sopló en la cubierta para quitar el polvo y lo metió en su mochila, junto a sus libros del colegio. Tenía que leer esa historia. Nunca había tenido entre las manos un libro tan misterioso: azul, con letras blancas, viejo como las pirámides de Egipto y, lo más insólito, sin autor.

—¿Por qué no te encontré antes?— dijo hablando con nadie, ahora con una sonrisa pícara.

Salió de la biblioteca y cerró la puerta cuidadosamente, como si tratase de dejarlo todo en su lugar y que nadie se percatara de su estancia. Cuando ya estaba abandonando el sótano oyó una voz, sin duda era una voz adulta. La habían pillado. Se acabó.

—Lilly Paige ¿qué hace una niña como tú andando por estos pasillos a estas horas?

Deberías estar en el comedor.

—Lo siento, señorita Agnes, solo estaba echando un vistazo. Ya me voy.

Lilly intentó escabullirse, pero la señorita Agnes sabía que había estado en la biblioteca. Era su profesora favorita, la que siempre se preocupaba por ella. Sin embargo, andar por el sótano estaba íntegramente prohibido. Las normas acerca de visitar ese lugar estaban muy claras: el alumno que fuera visto allí sería castigado o, si la situación lo requeriese, expulsado.

—¿Qué llevas en la mochila?— señalando el pedazo de libro que sobresalía de la cremallera—. ¿Qué libro es?

—Lo siento señorita Agnes, es que nunca había visto este libro en ninguna parte. No quería cogerlo, de verdad.

—Tranquila Lilly, tranquila. Si tienes este libro entre las manos es porque debes tenerlo. Si lo has encontrado es porque debes leerlo. Si te lo has llevado, deberás devolverlo. Pero ahora no. Ahora irás al comedor y yo simularé que no he visto nada— con una sonrisa y una viva expresión de cariño—. ¿Entendido?

—Entendido señorita Agnes, muchas gracias. Adiós señorita Agnes.

Traté de averiguar si ese libro existía. Pregunté en todas las bibliotecas de Londres, ninguna tenía un libro titulado "Los pecados imperdonables y los siete hermanos". Resulta difícil encontrar un libro que no tiene autor. Desde luego que era tan misterioso como me contó. Y no dudo de su existencia. No creo que alguien pudiera inventarse algo así. Además, con su forma de expresar los hechos, me dejó muy claro que todo era real. Por supuesto que le pregunté por la señorita Agnes, si seguía viva o si tenía alguna noticia de ella. Tenía la intención de hablar con la profesora y hacerle algunas preguntas acerca de Lilly. Pero la suerte no estuvo de mi lado, había fallecido cinco años atrás. De modo que, tras buscar y rebuscar, no encontré por ninguna parte el libro misterioso. No pude verificar con total credibilidad que existe dicha novela. Pero que yo no pudiera encontrarla no significa que no existiera, que Lilly no lo hubiera leído. Aquella tarde también me contó la historia del primer hermano, el primer capítulo. Yo acabé de rellenar la primera libreta y le pedí un descanso para salir a comprar otra. Ella se prestó a esperar un rato. Luego, cuando regresé, mojado por la lluvia y tiritando, seguimos, me contó cosas que me dejaron perplejo y que, con el paso de los años, han ido condicionando el transcurso de mi vida hasta el punto de obsesionarme.

5 EL HERMANO MAYOR

—A ver que tal— dijo Lilly sacando el libro de la mochila y cogiendo la sábana y una linterna.

Cada noche, cuando las otras niñas ya se habían adormecido, se arrellanaba en la cama y se cubría con la sábana, con el libro entre las piernas y la linterna en una mano, con la otra volteaba las páginas. Esta vez tenía más ganas de leer, tenía expectación por lo que le había dicho la señortia Agnes. Encendió la luz de la linterna, estaba un poco rota y daba la impresión de que era la misma iluminación que la de la biblioteca. Abrió el libro por la primera página, estaba en blanco y había una anotación en la esquina superior derecha.

—Se abre al devolverlo— susurró Lilly en

voz muy baja para no despertar a las otras niñas—. Se abre al devolverlo.

Nunca había encontrado un libro con una anotación parecida en la primera página. No era la letra de una persona adulta, tampoco debía ser la del autor. Alguien ya había leído ese libro antes que ella, no era la primera. ¿Qué significaría esa frase? No le dio más importancia, se peinó el pelo hacia atrás para poder leer mejor y giró la página. El primer capítulo: "El hermano mayor". Lilly levantó ligeramente la sábana con mucho sigilo y sacó la cabeza, comprobó que todo siguiera en orden, que nadie se hubiera despertado. No fue hasta asegurarse de que todo estaba en su sitio cuando decidió comenzar con la lectura.

—Dios es un ser extraño— empezó a leer con un bisbiseo, casi pegada al folio. Entonces una niebla empezó a colarse entre sus piernas y por todo su alrededor. Lilly se alzó levitando encima de la cama, la sábana cayó al suelo y ya no hacía falta sujetar la linterna para distinguir las letras en la oscuridad. La niebla se apoderó de toda la habitación y poco a poco, con una agilidad impetuosa se empezaron a distinguir unas formas humanas en la lejanía, siete cuerpos que se acercaban. Todo era muy extraño, pero prosiguió leyendo—. Dios no perdona nunca los pecados imperdonables. Dios es poderoso. Hace miles de años, tantos años que ni los árboles más vejestorios lo recordarán, tantos años que ni las montañas más ancianas lo habrán presenciado, una familia de siete hermanos habitaba en un pequeño valle, cerca de la actual Londres. Era una familia creiente, confiaban en Dios, le pedían cosas. Era una familia con una gran devoción. Era una familia estupenda, muy querida por los ciuidadanos del valle. Una vez, en una noche oscura, la más oscura del año, los siete hermanos se dirigían al reino más cercano, pues su abuela había fallecido. En el camino, cuando estaban cruzando el bosque, se encontraron con un ser muy extraño, un ser gigantesco, encapuchado, con una barba enorme e intimidante. Ese ser era Dios. Se sentía complacido, pues los hermanos iban a celebrar un ritual para que su abuela viajara al cielo. Dios decidió ponerlos a prueba, decidió premiarles con su mayor deseo por haberlo honrado, por ser fieles. El hermano mayor, que era muy competitivo, pidió la espada más poderosa del mundo, la más resistente. Quería ser invencible. Y Dios se la concedió. Arrancó un tejo del bosque y le ofreció la espada que yacía allí enterrada, la más deseada del universo, la que había pertenecido a los mejores guerreros. Una vez tuvo la espada, decidió enfrentarse a los caballeros del reino, y los venció. Más tarde, no satisfecho con lo que había conseguido con su ira, decidió combatir contra el rey. Y volvió a vencer. Una vez tuvo el reino, el hermano mayor ya no pudo controlar su ira, no lograba resistirse a sus más temibles pensamientos, pues Dios había maldecido la espada. Y esto le llevó a la muerte. Acabó odiándose a sí mismo y se quitó la vida. Y así fue como Dios se lo llevó al mundo del pecado y del castigo eterno.

—¿Lilly puedes apagar la linterna?— dijo una niña, la más pequeña, que estaba en la cama de al lado.

—Sí, claro— dijo Lilly desconcertada, hace un momento estaba flotando, observando a los siete hermanos, viendo como el hermano mayor moría a causa de la ira, como Dios se lo llevaba al mundo de los muertos. Ahora estaba sentada, con la sábana revistiendo su cabeza y la linterna en la mano—. Este no es un libro normal.

—Buenas noches Lilly.

—Buenas noches Carol.

6 LA ESTANTERÍA

La señora Pitickson ordenó que las chicas se levantaran, marcaban las siete de la mañana y debían prepararse para ir al colegio. Lilly se hallaba tendida en la cama envuelta por las sábanas, el libro estaba en el suelo.

—¡Lilly despierta!— girtaron las otras niñas extrañadas, porque ella siempre estaba en pie cuando se levantaban.

Lilly se incorporó de un salto mirando a izquierda y derecha como si estuviera evitando algo, tenía legañas en los ojos y el pelo alborotado.

—¡El libro! ¿Dónde está el libro?— gritó mientras removía las sábanas con urgencia—. ¿Dónde está?

—Está aquí Lilly— dijo Carol. Lo recogió

del suelo, le quitó el polvo que tenía en el lomo y se lo entregó cuidadosamente—. Toma.

Lilly permaneció unos minutos observando la cubierta, estaba proyectando en su mente lo que sucedió la noche anterior: la niebla que se escurrió entre sus piernas y después se apoderó de todo el espacio, cómo se alzó mágicamente por encima de la cama y cómo vio a los siete hermanos en el bosque, a Dios arrancando el tejo y desenterrando la espada. Luego lo abrió por la primera página y sujetó su mirada en aquella misteriosa frase escrita en la esquina superior derecha.

—Se abre al devolverlo— murmuró mientras pasaba los dedos por encima del folio—. ¿Se abre al devolverlo?, ¿qué significa esto?

Y entonces, cuando ya estaba a punto de cerrarlo, lo recordó. Remembró las palabras que la señorita Agnes le había dicho en el sótano el día anterior.

—Si lo has encontrado es porque debes leerlo. Si te lo has llevado, deberás devolverlo— murmuró en voz alta, como si hubiera hecho un gran descubrimiento.

Se puso en pie y, con mucha prisa, se encaminó hacia comedor. Allí cogió un par de tostadas y bebió de un vaso de leche que estaba encima del mármol. Luego regresó a su habitación, cogió el libro y lo introdujo dentro de la mochila.

—¿A que se deben estas prisas, Lilly?

—Señora Pitickson, hoy hacemos algo especial en el colegio, tengo prisa. Además, me he despertado tarde.

—¿Y qué es eso tan especial que hace que Lilly Paige tenga ganas de ir a la escuela?

—Es una...—balbuceó Lilly sin saber qué decir—, es una obra de teatro, una obra de teatro.

Con el paso de los años cada vez se le daban mejor las mentiras. Aquella había funcionado, sin duda. Aunque no estaba escondiendo nada malo, como aquella vez que, con la bicicleta, dejó lisiado a un perro y luego dijo que llegaba tarde porque se le había perdido un zapato por el camino. Esta vez solo quería devolver un libro en su sitio para ver qué sucedía, así lo indicaba el misterioso escrito de la primera página.

—¡Mierda, el trabajo! ¡El trabajo!—exclamó Lilly llevándose las manos a la cabeza.

Se había olvidado de escribir la carta a sus seres queridos. En el autobús no podría hacerlo porque resulta imposible escribir decentemente cuando el entorno se mueve arriba y abajo, a derecha e izquierda. Ya lo intentó una vez con unos deberes de inglés y al final tuvo que recurrir a su habilidad por las mentiras. Se inventó que, al ir al colegio, un señor mayor le robó la mochila y que su madre lo iba a denunciar a la policía. Resultó ser muy eficaz. Pero esta vez no quería mentir, pues tampoco sabía a quién escribir la carta. De modo que, al llegar a clase, buscó a la profesora de lengua y le contó la verdad: que no sabía a qué persona debía escribirle la carta, que no tenía a nadie tan importante.

—No te preocupes Lilly, puedes no venir a clase si no te sientes bien.

—Gracias, señorita— dijo sorprendida—. Gracias.

Nunca le había resultado tan efectivo decir la verdad en una situación así. Ahora tenía vía libre para bajar al sótano e ir a la biblioteca sin que nadie la viera. Cogió el libro de su mochila y bajó por las escaleras, dobló una esquina hacia el pasadizo oscuro y se plantó delante de la puerta.

—Allá voy— suspirando fuerte para coger fuerzas.

Alargó el brazó y con dos dedos tocó el pomo de la puerta. Estaba frío, como siempre. Volvió a suspirar y, con decisión, la abrió. Las luces se encendieron. Lilly se quedó abstraída durante unos instantes. Pensaba en lo que le sucedería si alguna profesora la encontraba en el sótano en horas lectivas. O aún peor, que el director la viera dentro de la biblioteca. Se decía que, hace muchos años, el antiguo director dormía en la biblioteca por las noches y que, si algún alumno llegaba a entrar nunca salía para contarlo. Pero estas historias a Lilly no le parecían para nada verídicas. Eran rumores. Se despegó la mochila de la espalda y la dejó encima de una de las mesas de madera. Allí estaba el hueco, seguía allí, el lugar que pertenecía al libro.

—Se abre al devolverlo— repitió una vez más. Ahora pensaba que estaba cometiendo una estupidez. ¿Qué esperaba que sucedería al hacerlo?—, se abre al devolverlo, vamos allá.

Lilly acercó la silla a la estantería para poder llegar a los pisos de arriba. Trepó con cuidado para no hacer mucho ruido y, cuando ya estuvo de pie y preparada, sostuvo el libro con las dos manos. Se sentía ridícula mirando el hueco del estante. Pero entonces recordó la niebla, al hermano mayor, recordó estar flotando por encima del camastro. De modo que, mientras cerraba ligeramente los ojos, cogió el libro con una mano y lo devolvió, lo reintegró en su sitio.

—Ya está— como si se hubiera quitado un peso de encima.

Y entonces comenzó. Lilly se tapó los oídos, era un zumbido muy desagradable parecido al chillido de un niño pequeño, como si la madera se estuviera despedazando por el calor del fuego. Con un salto bajó de la silla y la apartó. Delante de ella los libros empezaron a moverse a izquierda y derecha, adelante y atrás. Parecía obra de la mismísima magia negra, extraída de sus cuentos de dragones. Los libros se disgregaron con rapidez. Mientras tanto, el ruido agotador seguía resonando por toda la biblioteca. Y enseguida se formó lo que parecía ser una entrada. Como una puerta inmensa insertada en la estantería. El ruido cesó de golpe, ahora el silencio hacía mucho estruendo. En ese momento recordó la inscripción.

—¡Se abre al devolverlo, era esto!— gritó con las manos en la cabeza.

No podía abandonar la biblioteca sin entrar por esa puerta tan misteriosa, no podía dejar escapar la oportunidad. Dedujo que, del mismo modo que se abría al devolverlo, se cerraría al tomarlo otra vez prestado. Tenía poco tiempo, pues el conserje pasaba cada mañana a revisar que todo estuviera en orden. Tenía solo cinco minutos.

—Voy a entrar— hablando consigo misma, intentando armarse de valor para adentrarse en la puerta secreta—. Voy a entrar.

Los pasos se hacían eternos, fueron los cinco minutos más largos de su vida. No todos los días uno consigue abrir una puerta oculta y mágica. Finalmente, con un acto de valor, entró. Era una sala cuadrada enorme con una cristalera en forma de cúpula en la parte superior. Irradiaba una luz brillante de colores. En las paredes, a parte de dibujos de caballeros y princesas, de dragones en sus castillos y reinos lejanos, distinguió una frase que le llamó la atención: "Para aquellos que necesitan superar algo, para los que deben pasar de nivel". No tenía ni idea de a qué se refería. Sin embargo, supo que no era la primera en pisar el suelo de piedra. Alguien más estuvo allí anteriormente.

—Un minuto, tengo que irme— exclamó Lilly mirando el reloj que llevaba siempre en el brazo derecho.

Salió del salón por la puerta misteriosa, volvió a colocar la silla para poder llegar más alto y quitó el libro de su sitio. Los libros empezaron a caer al suelo provocando un quisquilleo en la moqueta y formaron una pequeña montaña. Acto seguido se alzaron y, de manera ordenada, volvieron a colocarse en su lugar, tal y como estaban anteriormente. Lilly custodió el libro en su mochila cuidadosamente y salió corriendo sin pararse a cerrar la puerta de la biblioteca. Aquello había sido muy extraño.

—No puede ser real, no puede ser real—repetía mientras corría hacia ningún lugar en concreto—. Esto no puede ser real.

7 DUDAS

Todo lo que L.P. Brown me dijo acerca de la niebla en el primer cuento, la levitación y la aparición de una puerta secreta en la estantería, lo apunté de forma fidedigna en mis notas. No existe ninguna expresión o vocabulario empleado por mí en estos dos capítulos. Cuando terminó de contármelo ya había pasado la media noche. Llevávamos casi ocho horas encerrados en el café. Ella hablando y yo escuchando, con el magnetófono en la mesa y de vez en cuando tomé alguna nota sobre lo que me parecía más trascendente. Apenas hicimos descansos, pues estaba muy interesada en contar los detalles meticulosamente. No quería que nada desencajara, que ningún pedazo de historia se perdiera en el tiempo.

Acabó el relato y, sin decir una palabra más, se puso la chaqueta de piel y se marchó. Aún recuerdo la sensación que quedó impregnada en mi cuerpo exhausto tras aquellas ocho horas de conversación. Lo que tuvo lugar en aquel local sería catalogado como un fraude por cualquier otra persona cuerda que la hubiera escuchado. Y así fue cómo lo percibí en un principio. Salí del café por obligación, era la hora del cierre y no podía estar más tiempo dentro. El encargado me dijo que podía sentarme fuera, que dejaría una silla para mí. En un principio me sentí engañado. ¿Cómo es posible que un libro pudiera provocar tales acontecimientos?

Caminé hasta el hotel que me hospedaba y reservé para tres noches más. No me quedaría más tiempo, esa era mi apuesta. Una vez en la habitación cogí el magnetófono y escuché otra vez algunas partes de la grabación. Estoy convencido de que Lilly fue sincera en todo lo que dijo. La idea de tomarla por impostora no me gustaba, así que intenté darle un sentido a su relato. En los años posteriores visité la biblioteca en busca de ese libro y de la misteriosa puerta escondida. No encontré nada. De modo que decidí basar mi relato en la confianza. Aquella noche no toqué la almohada, estuve pensando. ¿Merecía la pena seguir charlando con ella? En medio de aquellos pensamientos indecisos me vino a la mente la madre de Lilly. No creo que fuera capaz de mezclar hechos tan verídicos y serios como la enfermedad de su madre y el acoso del colegio con cuentos ficticios, con patrañas. Sería una falta de respeto hacia su historia. Además, ¿qué ganaba ella inventándose aquello? Nada. Con eso no tenía nada que ganar, sin embargo, sí tenía cosas que perder: la reputación y la credibilidad. A estas alturas no dudo de que exista un libro titulado "Los pecados imperdonables y los siete hermanos". Tampoco dudo que la niebla hubiera aparecido en aquella noche ni que la misteriosa puerta de la biblioteca se abriera. Ella me había proporcionado la verdad, sus sentimientos, aunque fuera difícil de asimilar. Cuando alguien habla de sí mismo es inevitable evitar la exageración. Pero cuando un hecho es tan extraordinario, no cabe lugar para la distorsión del relato porque ya es fabuloso en su esencia. Finalmente me prometí no preocuparme más por verificar los hechos, sino centrarme en cómo los decía y en hacer lo mejor posible mi papel de recolector. Lilly Paige Brown me cofió su historia, no debía cuestionarla ni juzgarla. Solamente debía contarla. Finalmente caí rendido en la cama, desperté el día siguiente a la hora del almuerzo con la ropa del día anterior. El magnetófono seguía gimiendo en bucle y mis notas estaban en el suelo.

8 VISITA AL HOSPITAL

Cuando se levantó, notó el sabor de la sangre en su lengua, luego pasó a los labios. Debía haberse mordido mientras dormía. Una vez en pie, cogió la sábana y se quitó ese sabor amargo y metálico que daban ganas de escupir a la basura nada más osaba entrar en tu boca. No le pasaba muy a menudo, solo en las ocasiones en que estaba nerviosa. Era sábado e iba a visitar a su madre en el hospital psiquiátrico de Londres. No era un hospital ordinario, allí requerían el doble de cuidadores y enfermeros porque trataban enfermedades mentales muy desarrolladas. Había gente de todo tipo: asesinos, violadores, estafadores y, en medio de toda esa gentuza, su madre. La mayor parte de los internos cometieron delitos graves y, debido a su locura, el juez debió de enviarles al hospital en vez de a la cárcel. De modo que, cuando a Lilly le tocaba visitar a su madre, los sábados, se ponía muy nerviosa y muchas veces despertaba con ese sabor desagradable impregnado en su garganta. Cogió las sábanas, las envolvió sobre sí mismas y las llevó al lavadero. Allí seguían escondidas las botellas de alcohol, en el hueco de la secadora.

—¡Lilly date prisa, vamos al hospital!— exclamó la señora Pitickson desde la cocina.

—¿Qué? ¿Qué ha pasado?— gritó Carol desesperada, corriendo hacia la habitación donde se encontraba Lilly—. ¡¿Lilly estás bien?!

—Carol, voy al hospital a visitar a mi madre, no me ha ocurrido nada— replicó calmada, haciendo sus cosas—. Venga ve a desayunar.

La señora Pitickson y Lilly subieron al coche, era un vehículo viejo al que le habían arrancado la chapa hacía ya quince años. Nadie excepto la señora Pitickson sabía de qué modelo era. Antes de arrancar, la señora Pitickson quiso aclarar un par de cosas con Lilly, siempre lo hacía cuando visitaban el hospital.

—Lilly, sabes lo que te vas a encontrar

¿verdad?— tocándole el pelo y luego la mejilla—. Tienes que ser fuerte.

—Lo sé, lo sé— poniendo los ojos en blanco y mirando por la ventana delantera—. Lo soy señora Pitickson.

Cogió una botella que tenía escondida debajo del asiento y echó un trago. Luego la volvió a guardar donde estaba y volteó la llave para arrancar el coche.

—Estamos listas.

Era uno de esos hospitales que olían a residencia de ancianos. No era un olor a limpio como en todas las recepciones de urgencias, era un olor a tiempo envejecido. Como si el aire hubiera caducado. A Lilly le repelía esa sensación de respirar aire muerto. Los internos eran incapaces de percibirlo, pues ya estaban acostumbrados. Entonces una enfermera muy agradable les atendió. Era joven, con gafas y el pelo negro, con flequillo.

—Tú debes de ser la señorita Paige ¿no?— preguntó mientras se agachaba, a la misma altura que Lilly— ¡Ven conmigo, tu madre está en la segunda planta!

La enfermera les ofreció un refresco antes de subir. Llilly bebió hasta el fondo. Era lo más delicioso que había probado en la vida, y reconfortaba cada célula del cuerpo. Ahora se sentía preparada para subir a ver a su madre. No sabía cómo se la encontraría. Sin embargo, la señora Pitickson ya le había dicho que, cuando la visitaban, las enfermeras se ocupaban de medicarla para que permaneciera tranquila. Así que, en las visitas, nunca ocurría nada extraño, pues los internos eran incapaces de moverse más de tres metros sin desplomarse y pegarse un buen golpetazo, estaban medicados hasta el cogote.

—Lilly— susurró la enfermera en su oído—, esta es la sala de estar, tu madre se encuentra en uno de los sofás, te dejamos entrar sola. En cinco minutos venimos a recogerte.

El miedo se volvió a apoderar de Lilly, sentía como si un tren estuviera descarrilando en su estómago, nunca se acostumbraría a las visitas. Suspiró fuerte, como cuando entró el día anterior en la biblioteca, y abrió la puerta con sigilo.

—¿Mamá?— dijo Lilly entrando en la habitación, que era bastante grande, con mesas y sofás esparcidos.

Sabía que su madre no respondería, no se oía a nadie cantar ni hacer ruidos absurdos, y eso era lo que hacía a todas horas cuando estaba activa. Estaría casi adormecida en una de las butacas del fondo, como siempre. En efecto, estaba allí. Se había sentado de espaldas, mirando hacia la ventana, con vistas al pequeño jardín donde deambulaban otros residentes, con vistas a las vías del tren y, más arriba, la iglesia. Lilly dio unos pasos más hacia delante y volvió a llamarla.

—¿Mamá?

No se movió ni un milímetro. Eso evidenciaba que la habían medicado tanto que no podía ni escuchar lo que le decían a un metro de distancia. Cogió una silla de la mesa más cercana, en la que había un par de hombres jugando a las cartas, y se sentó junto a su madre. Antes de decir nada estuvo mirando por la ventana durante unos minutos, hacia el mismo sitio donde su madre tenía la vista clavada.

—Lleva una semana diciendo que en esa iglesia va a caer un meteorito— indicó la voz de uno de los jugadores de *Black Jack*—. No se separa de la ventana.

—¡No inventes cosas, tonto del cerebro maldito!— replicó otro, el que estaba más lejos de Lilly—. No te creas nada de lo que dice este camaleón putrefacto, chica.

—¡¿Me has llamado tonto del cerebro maldito?!— levantándose de la silla y tirando las cartas contra la mesa—. ¡¿Crees que puedes decirle eso al rey de las mandrágoras, crees haber nacido para esto, para insultar a los mejores?!

Luego se sentaron los dos y continuaron jugando, como si no hubiera ocurrido nada, como si formara parte de la rutina diaria. Le habría hecho gracia si su madre no estuviera al lado, mirando por la ventana, sin mover un solo dedo. Sabía que no iba a contestarle, que no estaba en condiciones. Quedaban tres minutos.

—Mamá, se que no puedes escucharme, que estás mirando la iglesia por la ventana. No tienes que decir nada— murmuró cogiéndole la mano—. Mamá, te quiero, ojalá no estuvieras aquí encerrada. Ojalá viviéramos en una casa tú y yo. Caminaríamos por el jardín, daríamos de comer a los patos del parque— cada vez balbuceaba más, sin darse cuenta de que le caían dos lágrimas por la mejilla—. Lo siento mamá, tengo que irme.

Lilly salió de la habitación dos minutos antes del tiempo que disponía con su madre. Se marchó sin mirar atrás, secándose la cara con el jersey. Cerró la puerta y se acurrucó en unos de los bancos de espera del pasillo. Volvió a limpiarse la cara para eliminar las últimas lágrimas que bajaban por su rostro y se quedó allí, esperando a que la fueran a recoger. Su madre seguía junto a la ventana, quieta, imperturbable, acechando la iglesia a través del cristal.

9 LA HERMANA MAYOR

Por la noche, cuando ya habían cenado y se habían acostado, Lilly sacó el libro de debajo de la cama y se cubrió con la sábana. Encendió la linterna y lo abrió por el segundo capítulo. *La hermana mayor*, así se titulaba. Empezó a leer, esperando que algo ocurriera, que la niebla empezara a escabullirse entre sus piernas, que la fuerza misteriosa la levantara por encima de la cama. Como si eso fuera lo habitual al desentrañar una novela. Pero no ocurrió nada, ni rastro de la magia que la otra noche la hizo levitar.

—¿Estáis dormidas?— preguntó Lilly descubriendo su cabeza por un trozo de sábana mientras teñía de amarillo las otras camas con la linterna—. Vale, puedo continuar.

Cogió el libro con las dos manos y giró la página, acto seguido empezó a leer el segundo capítulo.

—Cuando la espada fue entregada al hermano mayor— susurró Lilly—, Dios le dejó marchar y este prosiguió con su camino todo glorioso con su estoque. Luego se acercó a la hermana mayor, que era más bajita y precavida. Dios le hizo la misma propuesta, le concedería su mayor deseo. La hermana mayor pensó durante unos instantes, y luego, acercándose a Dios, le pidió el lingote de oro más valorado y menos pesado del mundo. Dios, que escuchó con mucha atención su petición, dio unos pasos hacia atrás, se cortó un dedo de su gigantesca mano y lo convirtió en oro macizo. La hermana mayor lo cogió, lo guardó con mucha precaución en su mochila y prosiguió con su camino. Una vez canjeado el lingote decidió comprar los palacios más voluminosos del reino, se hizo con cincuenta esclavos y se instaló en los aposentos más altos de un castillo. Lo tenía todo, pero quería más. Consiguió otros cincuenta esclavos en una puja y compró todos los palacios del reino. No los necesitaba, pero dicen que la avaricia puede hacer cosas grandes y, en ocasiones, corromper a las personas. La noche antes de navidad, después de celebrar una cena con muchos invitados, uno de los esclavos, que no estaba contento con el trato que recibía, entró en sus aposentos y, mientras dormía, le undió una daga en el pecho. Por la mañana la encontraron allí tirada, rodeada de un charco de sangre. Y así fue como Dios se la llevó al mundo del pecado y del castigo eterno.

—¡Lilly cierra la luz de una vez!— escuchó de una voz que balbuceaba—. Mañana debes ir al colegio, ¡venga dame esa linterna!

Era la señora Pitickson, había entrado en la habitación mientras Lilly estaba leyendo. Andaba un poco torpe por entre las camas y tenía el pelo alborotado.

—Perdón señora Pitickson, ya me duermo— dijo Lilly con los ojos en blanco— ¿Quiere que la acompañe a su habitación o podrá ir sola?— preguntó con la misma voz de siempre, la de paciencia al ver a una señora mayor que era incapaz de controlarse.

—¿Crees que necesito ayuda?— apuntándola con el dedo— ¿Tengo cara de necesitar ayuda?

La señora Pitickson abandonó la habitación y Lilly volvió a abrir el libro por el mismo capítulo.

—Primero la ira y ahora la avaricia. Ya lo entiendo— dijo alzando la voz, con un gesto de sorpresa—. Siete hermanos, siete pecados capitales.

Lilly despertó a la mañana siguiente con el libro pegado en el torso. La linterna seguía encendida en la mesita de noche. Tenía que hablarle a alguien sobre el libro y explicarle lo de la biblioteca.

10 EL COMEDOR

La clase de inglés de la señorita Agnes iba a empezar en unos minutos. La hora del recreo había terminado y los alumnos corrían hacia sus aulas para no llegar tarde y no tener que copiar cien veces: No seré nunca más impuntual. Era el castigo para aquellos que interrumpían la clase debido a sus tardanzas. Lilly nunca llegaba tarde, cuando sonaba la sirena que indicaba el final del recreo ella ya estaba dentro del edificio, normalmente en la biblioteca. De modo que nunca le tocó cargar con ese castigo. Pero en aquella ocasión no se encontraba allí, el director la había llamado para hablar de algo muy importante que tenía que saber de inmediato. Así que Lilly no tuvo más opción que acompañarlo a su despacho.

El director era un hombre alto, con poco pelo y una nariz que le caracterizaba por su composición larga y en forma de ocico. Los chicos le llamaban "el aviador" por su forma muy parecida a un avión militar. Era un hombre serio, nadie nunca le vio sonreír y su relación con Lilly no era muy amigable, simplemente cordial y, en ocasiones, un tanto deplorable. No mostraba interés alguno por ella y, cuando se metía en algún lío, no tenía ningún reparo en castigarla de las formas más crueles que un profesor puede hacerlo: recoger papeles durante dos semanas en el patio mientras los otros compañeros estaban jugando, permanecer en una esquina durante horas hasta que se te cansaran los pies y otras sanciones del estilo. Pero cuando el director llamó a Lilly no parecía enfadado, más bien estaba apenado y un tanto molesto. Como si no le hiciera ninguna gracia tener que hablar con ella. Sin embargo, era su obligación.

—Lilly, a mi despacho enseguida— dijo apuntándola con la nariz.

Ella sabía que si iba al despacho del director llegaría tarde a la clase de la soñorita Agnes, pero no tenía otra opción, al director nadie pordía contrariarle. No había hecho nada malo. Pero entonces le vino a la cabeza la biblioteca.

¿Y si se hubiera enterado de que visitaba en la biblioteca muy a menudo? ¿Y si descubría la puerta secreta? Lilly fue tras él y entró en el despacho.

—¿Qué ocurre señor Anderson?— preguntó Lilly encogiéndose de hombros.

—Siéntate niña, tengo que decirte algo importante— replicó enseguida, apartando la mirada de Lilly.

Los dos se sentaron, el director al lado de la ventana, en la silla de su escritorio. Lilly en una butaca reservada para las visitas, sus pies no tocaban el suelo.

—A tu madre le ha ocurrido algo— dijo interrumpiendo el silencio y se quedó observándola—. Sé que puede resultarte difícil escuchar esto, pero debes saberlo. ¿Entendido?

Lilly no sabía qué decir, el mundo pareció dar tres vueltas de campana y revolverse sobre sí mismo, la tripa le estaba a punto de estallar. El director prosiguió.

—Como sabes, tu madre se encuentra en un hospital psiquiátrico. Lo que tengo que decirte es que ha caído enferma, está en estado crítico. Al acabar el colegio podrás ir a visitarla. Si tu padre te deja podéis ir juntos.

—¡Yo no tengo padre!— gritó enfadada

levantándose de la silla de un salto—. ¡Vivo en un orfanato!— y entonces volvió a sentarse. Se tapó la cara con un pañuelo y se limpió las lágrimas que empezaban a caerle. El silencio se mantuvo durante un minuto, solo se escuchaba el lloriqueo de Lilly.

—Perdón Lilly— dijo por fin el director—. Será mejor que vuelvas a clase.

Lilly abandonó el despacho y se sentó en el suelo, apoyada en la pared del pasillo. Al cabo de unos minutos muy largos se levantó, entró en clase y se sentó en su pupitre, con la mirada clavada en el reloj. Quedaban diez minutos para el almuerzo. La señorita Agnes no interrumpió la lección, pues sabía de donde venía y lo que le habían dicho. Al acabar la clase intentó hablar con Lilly, pero ella salió tan rápido como pudo del aula. Solo quería que ese día terminara. Quería ver cómo estaba su madre. A su vez sentía miedo, no quería verla otra vez en ese estado.

—¡Chicas mirad como está la huerfanita, está sola comiendo!— escuchó del grupo de chicas de al lado, todas eran de su clase—. ¿La niña huérfana no tiene a nadie que la acompañe?

Lilly siguió comiendo, ya estaba acostumbrada a que la insultaran por no hacer nada. Cualquier tontería era motivo para meterse con ella. En el comedor solo había un profesor que, si no estaba cortejando con las cocineras, andaba por los pasillos hablando con otros profesores. Así que los chicos malos tenían vía libre para hacer de las suyas.

—¡Míranos cuando te hablamos Lilly Paige Mierda!— Gritó Hana levantándose de la silla. Se acercó y se plantó delante de Lilly—. ¿No quieres mirarnos? Pues toma esto— cogió la mochila de Lilly y la abrió. Después, a petición de las otras chicas, sostuvo la mochila en alto y vació el vaso de agua de Lilly dentro. La sostuvo en el aire durante unos segundos mientras goteaba delante de Lilly, repiqueteando en el suelo.

—¿Qué haces?— gritó Lilly recuperando su mochila y sacando el libro para que no se mojara más—. ¡No puedes hacer esto!

En ese preciso momento apareció Conor. Acababa de entrar en el comedor con su comida. La dejó encima de una mesa y se interpuso entre Hana y Lilly.

—¿Crees que puedes hacer algo para evitar esto?— le susurró en el oído mientras sostenía ahora la mochila en su mano derecha—. ¡Tu madre es una loca y tú también lo eres! ¡La madre de Lilly está loca, la madre de Lilly está loca! ¿Es cierto o no?

Luego soltó la mochila y la golpeó con el pie dejándola en medio del pequeño charco de agua. Estaba empapada. Lilly dejó la comida en la mesa y se marchó con sus cosas. El libro estaba hecho un desastre. Con la ayuda de un rollo de papel higiénico consiguió secarlo sin que este se rompiera en mil pedazos. Lilly corrió hacia la biblioteca y se sentó en una de las viejas mesas de madera. Tenía que hacer algo para distraerse, algo para evadirse del mundo, de la visita a su madre, del comedor. Abrió el libro y empezó con el tercer capítulo. A pesar de la textura que el agua había causado en el papel, se leía en condiciones.

11 LOS DOS INSEPARABLES

La luz amarillenta iluminaba la textura humedecida del papel, Lilly aún temblaba por lo que había ocurrido en el comedor. Pero ahora estaba sola y en silencio, nadie podía molestarla en la biblioteca. Antes de comenzar con la lectura, se acordó del segundo capítulo. Dios le concedió el pedazo de oro más preciado a la hermana mayor, que también estaba maldito. Y por culpa de la avaricia murió, la asesinaron. Subió la mirada hacia la pared y la volvió a bajar hacia el libro.

—Estoy preparada— dijo suspirando fuerte para coger fuerzas—. Una vez la hermana prosiguió con su camino con el lingote de oro más preciado y menos pesado del mundo, los hermanos inseparables hicieron un paso hacia adelante y se plantaron ante Dios. En todas las familias grandes hay dos hermanos que son inseparables y que, juntos y con su picardía, logran hacer cosas trascendentes, no siempre buenas y que, a menudo, perjudican a la familia. Dios, que estaba asombrado por su valentía, les concedió un deseo más a cada uno para que pudiéran lograr todo aquello que se proponían. Los hermanos, muy encantados por la generosidad de Dios, pensaron largo y tendido lo que querían solicitar. Al cabo de unos largos y silenciosos minutos se lo comunicaron. El hermano menor se arrodilló ante Dios, hizo un gesto de admiración con la cabeza y le pidió el pastel más delicioso del reino. Pero no un pastel cualquiera, uno que, a pesar de comer y comer, no se consumara: el alimento eterno. El mayor, que era un alcohólico desgastado, quiso retar a Dios y le pidió la botella de ron más preciada del todos los imperios. Y siguiendo los pasos de su hermano menor, también quiso que Dios la tornara inagotable, para poder beber sin gastar. El cielo se oscureció más de lo que nunca se había visto, la luna desapareció y un enorme estruendo se oyó provinente de la lejanía. Dios los miró fijamente y, tras unos segundos, sacó la botella más preciada de su capa. Luego, arrancando un roble y partiéndolo en pedazos lo transformó en un delicioso pastel. Para hacer que fueran inagotables sopló un poco de su aliento, y se los entregó. Los hemanos, que ya tenían comida y bebida por la eternidad, marcharon muy contentos y prosiguieron con el camino. No aguantaron ni a salir de los límites del bosque para probar sus más preciados deseos. Bebieron hasta emborracharse y tomaron pastel hasta reventar. Al cabo de un día despertaron los dos tendidos en el césped humedecido del bosque. Tenían las tripas despejadas; en carne viva, y los cuervos comían sus entrañas. Pues Dios concedió los deseos correctamente, pero nunca dijo que uno pudiera probar el anhelo del otro. La mezcla del ron y el pastel, que estaba conjurada, hizo explotar sus intestinos. Y así fue como Dios se los llevó al mundo del pecado y del castigo eterno. Los hemanos inseparables se dejaron llevar por la gula y la lujuria. No lograron salir del bosque. Sus cuerpos siguen allí, los cuervos siguen alimentándose de ellos, la naturaleza los está enterrando poco a poco y sus almas están castigadas por la eternidad.

—¡Lilly, Lilly!— oyó que alguien gritaba desde el pasillo del sótano—. ¡Lilly el autobús te espera!

Solo podía ser la señorita Agnes, pues nadie más sabía cuál era su escondite. Cerró el libro en seco y salió de la biblioteca acarreando con la mochila aún empapada.

—¿Qué hora es señorita Agnes?— preguntó Lilly mirándo su reloj, que marcaba aún las tres y media.

—¡Es hora de irse Lilly, son las cinco y cuarto! ¡El autobús te está esperando!— dijo la señorita Agnes cogiéndola del brazo para llevarla arriba.

—¿Las cinco y cuarto? ¡Pero si he estado cinco minutos ahí dentro!— gritó Lilly confusa.

—Lilly venga, no tenemos tiempo.

No fue hasta entonces que Lilly supo que el libro era capaz de trasgiversar no solo el espacio, sino también el tiempo. Lo que habían parecido cinco minutos de lectura en realidad habían sido tres horas. La señorita Agnes acompañó a Lilly hasta el autobús y le deseó buena suerte. Tenía que visitar a su madre al hospital.

12 MAMÁ

Lilly subió al autobús y se acomodó en los primeros asientos. Los del final estaban reservados para los niños, a menudo los que traían más problemas. De modo que, lo más seguro para una chica como Lilly era quedarse cerca del profesor encargado, donde pudiera verla. La señorita Agnes estaba fuera, con su mueca de circunstancias, esperando a que se marcharan. Cuando Carol subió se pusieron en camino.

—No te podrás creer lo que hemos hecho hoy Lilly— exclamó Carol con los ojos muy abiertos.

—Dime— dijo mirando por la ventana hacia ningún punto en concreto.

Carol no sabía que Lilly tenía que ir al

hospital, de lo contrario no la habría incordiado. Nunca hablaban cuando tenía que ir de visita.

—Hemos diseccionado una rana— con el gesto de abrir las tripas a un animalito—. ¡Da mucho asco!

—Muy bien Carol, ¿eso es todo?

—¿Eso es todo? ¡Pero si es una pasada!

Lilly volvió a mirar por la ventana, Carol se quedó perpleja. Comprendió que le ocurría algo.

—¿Qué te pasa Lilly? Estás triste— dijo poniéndole la mano en el hombro.

—No me pasa nada.

—¿Tienes que ir al hospital a visitar a tu madre? ¿Es eso lo que ocurre?

—¡Cállate Carol. Hoy no estoy de humor para tonterías!— exclamó—. Déjame sola.

Nadie más se percató de la situación, pues en el autobús cada uno tenía una conversación distinta y el murmullo solapaba cualquier hecho interesante que pudiera ocurrir. Carol se levantó, agarró su mochila y se cambió de asiento. Cuando llegaron al orfanato la señora Pitickson y Lilly montaron en el coche camino al hospital.

—¡Corre, corre, han dicho que es urgente!

—¿Qué le ha pasado a mamá? ¿Qué ha

ocurrido?— preguntó Lilly arreglándose el pelo. No le gustaba ir despeinada a las visitas.

—No lo sé, querida. Pero sea lo que sea es urgente. Tenemos que llegar lo antes posible.

Lilly era incapaz de soltar una sola lágrima. Con el tiempo había aprendido a sobrellevar las situaciones difíciles. Se había construido una armadura que le ayudaría durante el resto de su vida.

—Me han llamado al mediodía y otra vez hace una hora— añadió la señora Pitickson un tanto nerviosa. Esta vez parecía ebria—. Tendrás que ser fuerte, ¿entendido?

—¿Mamá se va a morir?— preguntó en seco mientras miraba por la ventana, con la mirada fija en el semáforo, imperturbable.

—No lo creo Lilly, eso no va a pasar.

Lilly intuía que si no se trataba de una muerte inmediata, sería al cabo de unos días. Nunca la habían llamado de urgencia mientras estaba en el colegio. Nunca le habían citado al despacho del director para hablar acerca de temas no escolares. De modo que, cuando lo escuchó, ya sabía que la señora Pitickson lo decía por el mero hecho de empatizar. Pero la realidad no engaña, pensaba Lilly. Aparcaron a medias en el aparcamiento del hospital y subieron corriendo por las escaleras que llevaban al edificio. Las puertas giratorias empezaron a rotar y entraron sin dificultad. Estaban un poco mojadas, fuera estaba llovizneando. La misma enfermera de la otra vez les atendió en el hall principal.

—Tu madre se encuentra ingresada en una habitación—dijo con prisas—. Acompañadme.

—¿Qué le ha pasado?— preguntó, su armadura había caído en mil pedazos rebotando contra el suelo y sus ojos empezaron a humedecerse—. ¡No voy a moverme de aquí hasta que no me lo contéis!

—Venga Lilly— dijo la señora Pitickson—, no es el momento.

—¡Sí es el momento!— replicó— ¡Sí lo es!

La enfermera se acercó a Lilly y se agachó, se puso de rodillas y, mientras le guardaba el pelo hacia atrás, le explicó lo que sucedía.

—Por la mañana ha sufrido un ataque epiléptico. La hemos ingresado en una habitación y tiene la temperatura muy alta— dijo, sin apartar la mirada de Lilly—. Te necesita.

—¿Se va a morir?— preguntó Lilly mientras le caía la primera lágrima. Ahora un poco más calmada.

—No lo sabemos. Debemos esperar un par de días para hacer un diagnóstico. Venga acompáñame, no hay tiempo que perder.

Entraron en la habitación 333, en la que estaba su madre. Esta vez no la habían medicado tanto, por lo que podía hablar con facilidad. Sin embargo, parecía un tanto alcaída y casi no podía moverse. Lilly se acercó a la cama y se sentó junto a ella en un trozo de colchón que quedaba libre.

—Hola, mi niña— dijo su madre, incorporándose un poco en la cama, tratando de sonreír.

—Te esperaré fuera Lilly— la señora Pitickson se levantó de la silla y salió por la puerta sin mirarlos.

—Venga, coge mi mano.

Su madre cogió la mano de Lilly con dificultad e hizo que ella la agarrara. Lilly no podía verle el rostro a causa del lagrimeo que le nublaba la vista.

—¿Cómo está mi chica?— preguntó levantando la otra mano flaca para abrocharle un botón del jersey que llevaba mal puesto—. Nunca me ha gustado este uniforme.

—A mí tampoco me gusta mamá— añadió Lilly balbuceando las palabras que lograba sacar de dentro. El corazón le rebotaba como un torbellino dentro de su cuerpo.

—Sé que debo parecer una loca con todos

estos tubos y el pelo así desordenado— dijo ella.

—No es cierto mamá, estás preciosa.

Se escucharon unos golpecitos en la puerta y entró la enfermera.

—Quedan dos minutos Lilly, luego nos la llevaremos— retiró su cabeza del marco y volvió a dejarlas solas.

—¿Estás bien?— preguntó Lilly, y aunque la pregunta era más que evidente, su madre esbozó una sonrisa.

—Claro que estoy bien, cariño— dijo pasándole los dedos por el pelo—. Pero necesito que me ayudes en una cosa.

—Por supuesto mamá, dime.

—Verás, los médicos de este hospital están mal de la cabeza, les falta un tornillo a todos— dijo mirándola fijamente—. Tienes que conseguir las llaves de esa ventana y me las tienes que dar.

—Pero mamá— dijo Lilly intentando cortar sus palabras.

—Lilly, ¡escúchame!— gritó su madre interrumpiéndola—. No nos podemos fiar de esta gente. El otro día, por la noche, los vi tirando a un paciente por la ventana. Luego lo enterraron en el patio. Yo lo vi.

Se hizo un silencio amargo que tenía muy

mal gusto en la boca, Lilly estaba llorando, pero mantenía fija la mirada borrosa en su madre. Ella le cogía de la mano muy fuerte.

—¿Vale Lilly? ¿Me vas a conseguir las llaves?

Entonces vio como su sonrisa se contraía, le resultaba más difícil mantener la mirada. Respiró hondo, y el aire resonó, como si tuviera algo muy pesado dentro del cuerpo. Luego se tumbó en la cama de nuevo y cerró los ojos.

—¿Lo he vuelto a hacer no?— preguntó—. No quiero que me veas así Lilly.

—Tranquila mamá— dijo mientras la sábana se impregnaba de sus lágrimas.

—No quiero que me escuches cuando empiece a decir tonterías— dijo con el rostro serio— ¡Vete Lilly, márchate! ¡Sal de aquí!

La enfermera entró apresurada a la habitación y trató de calmarla. Lilly se apartó y noto cómo se le engrandecía el nudo en el estómago.

—Vamos Lilly, la señora te está esperando fuera.

Cuando nos quisimos dar cuenta ya eran las cuatro de la mañana. Habíamos estado horas y horas hablando sin parar. Era el cuarto día que nos veíamos y ella aún tenía más cosas que contar. Así que decidimos volver a reunirnos dos veces más. Estábamos agotados, de modo que el siguiente día lo dejamos libre para descansar: yo en el hotel y ella en su apartamento. Aquella noche acabé exhausto, escuchar sus visitas al hospital me destrozó por dentro. No puedo imaginar lo dura que fue su infancia. ¿Quería conocer a la señora Paige?, sin duda que lo estaba haciendo. Ella decidió abrir su corazón y entregármelo todo: pedazo a pedazo, palabra por palabra. Esta vez no hicimos ninguna pausa para ir al baño ni para descansar. Si no recuerdo mal, fue la noche más intensa de las que estuvimos charlando en el café. El encargado del local fue muy amable y nos prestó las llaves, pues ya habíamos hecho migas y dejó que nos quedáramos más tiempo a solas. Volví al hotel y no desperté hasta el mediodía. Tuve que salir a comprar otra libreta. Aún tenía por delante dos encuentros más, e intuía que iban a poner fin a mi historia, aunque no supe percibir cómo iba a terminar.

13 SEÑORITA AGNES

Ese día tenían excursión con el colegio. Cada año, por aquellas fechas, visitaban el zoológico de la ciudad. Ese lugar donde, según los profesores, los animales disfrutan de una vida agradable y en libertad. Pero Lilly tenía otra opinión un pelín opuesta. Ella decía que, del mismo modo que una cárcel es un lugar sin libertad para hombres, un zoológico es un lugar sin libertad para los animales. La única diferencia es que unos han hecho cosas malas para merecerlo y los otros son inocentes. Sin embargo, aunque su opinión al respecto fuera un tanto negativa, le gustaba ir a ver a los animales. Desde muy pronto las chicas ya estaban despiertas, como en la noche de navidad cuando todos los niños del mundo están impacientes para abrir los regalos. La señora Pitickson ya se había levantado y había preparado la comida para todas: bocadillos y patatas fritas.

—Lilly, tienes que cuidar de ellas durante la excursión— dijo la señora Pitickson mientras lavaba torpemente los platos de la cena.

—Ya hay profesores— replicó Lilly cogiendo una tostada y acercándose los cereales.

A la señora Pitickson no le gustaban nada las excursiones. Según ella son el escenario perfecto para que ocurra algo malo, como que se pierda un niño o se haga daño.

—¡Bomba, cañón, nos vamos de excursión!— se oía del pasillo, las chicas ya habían desayunado y estaban listas para salir.

Lilly seguía comiendo y proyectaba en su cabeza la visita al hospital del día anterior. En medio de todos aquellos pensamientos la señora Pitickson la interrumpió.

—A las cinco os estaré esperando en el colegio, no quiero que estéis todo el día metidas en autobuses— dijo, ahora barriendo lo que las chicas habían ensuciado—. ¿Entendido?

—Sí, entendido.

Lilly agarró su mochila, dejó los platos en el

mármol y salió con las chicas a coger el autobús. Ese día pasaba un poco más temprano porque debían estar en el colegio antes para coger otro más que les llevaría al zoológico. Allí les esperaba la señorita Agnes con el resto de la clase.

—¡Ya estamos todos, vamos allá!— exclamó mientras ordenaba a los chicos apartarse de la carretera.

Hacía un día nublado, esa no era una buena noticia porque, tanto los animales como los niños, estarían nerviosos. Subieron al autobús y se puiseron en marcha para ir al zoo.

—Lilly, ¿puedo ir contigo?— preguntó Carol, que se había quedado sin compañeros de clase para pedírselo.

—Claro, siéntate aquí.

Dentro del orfanato Carol era su mejor amiga. Fuera también porque en el colegio no solía hablar con nadie. Se sentaron en las primeras filas, las mejores si quieres estar tranquilo en un viaje largo.

—Dime Lilly, ¿cómo te fue ayer con tu madre?

—Ya sabes que no tienes que preguntarme por eso— replicó con la mirada fija en ella.

—Quiero saber cómo está tu madre Lilly— frunciendo el ceño—. Jolines como te pones.

—Vale, vale— dijo mientras le apoyaba la mano en el hombro en modo de disculpas y esbozando una pequeña sonrisa—. Digamos que no está lo mejor que podría estar, si no no me habrían llamado de urgencia.

—Entiendo— dijo Carol.

El autobús iba cortando el agua de la carretera por su paso y las gotas rompían contra las ventanas y viajaban hacia atrás, en contra dirección. Lilly se quedó unos minutos mirando a través del cristal recordando a su madre, pensando en la autentica gravedad del asunto. Una niña pequeña no debería pensar en esas cosas, pero el destino no acepta condiciones, no entiende de empatía.

—¡Estamos a punto de llegar, tendréis que seguir a la señorita Agnes y os llevará hasta la entrada!— dijo otra profesora, que nunca les había dado clases.

—Lilly, ¿vamos juntas por el zoo?— preguntó Carol con esa mirada que no podías rechazar.

—Vale Carol, vale.

Una vez dentro del zoo los profesores dejaban que los alumnos fueran a sus anchas por todo el recinto. Pero con una condición: debían estar en ese mismo punto a la hora de comer. Decidieron ir donde los simios, aquello era los más gracioso. Cuando estaban allí, delante de los chimpancés, la señorita Agnes llamó a Lilly para hablar con ella un momento. De modo que Carol se quedó sola unos minutos.

—Lilly, acércate un momento por favor— dijo la profesora Agnes con una falsa sonrisa, parecía preocupada.

Ella siempre se interesaba por su madre. Después de las visitas le preguntaba cómo había ido. Si todo estaba bien. Pero esta vez no dijo nada de eso, cosa que extrañó a Lilly.

—¿Qué ocurre señorita Agnes?

—El otro día vi que tenías el libro— dijo repiqueteando las palabras y pestañeando más de lo habitual—. ¿Lo has devuelto ya?

—Aún no, ¿por qué lo dice?

—Escúchame atentamente Lilly— dijo cogiéndola de los hombros—. Es un libro peligroso. Si lo has cogido deberás devolverlo— alzando más la voz—. ¡Se abre al devolverlo Lilly! Se abre al devolverlo, debes devolverlo.

—Pero, pero ¿cómo sabe usted eso? ¿Por qué debería devolverlo? Aún no lo he terminado.

—Lilly, no todas las personas que encuentran este libro pueden devolverlo y seguir siendo las mismas. En las manos correctas puede hacer maravillas, en las manos equivocadas es capaz de provocar terribles consecuencias, Lilly— ahora tirando de su jersey.

—Me está asustando señorita Agnes— dijo Lilly encogiéndose un poco—. Mejor me marcho.

Lilly dio unos pasos hacia atrás, se juntó otra vez con Carol y se alejaron juntas a ver los delfines. La señorita Agnes seguía murmurando, ahora sola y agarrándose el pelo.

—Es un libro peligroso, puede mover mar y montañas, puede frenar guerras y provocarlas, puede quemar ciudades, destrozar familias— decía mientras susurraba y lo repetía una y otra vez.

14 EL HERMANO INDIGNO

Al llegar al colegio, después de la excursión, Lilly fue corriendo a la biblioteca. Bajó las escaleras que llevaban al sótano y entró dando brincos. Sacó el libro de la mochila y lo dejó encima de la mesa.

—Qué debo hacer, qué debo hacer— se decía a sí misma intentando encontrar un sentido a lo que la señorita Agnes le había dicho.

Solo le faltaban dos capítulos para terminarlo, tenía que leer dos más y podría devolverlo y olvidarlo. Aquella vez que la señorita Agnes la vió salir de la biblioteca le dijo que si lo había encontrado es porque debía leerlo. Pero aquel día, en el zoo junto a los chimpancés, dijo desesperada que tenía que devolverlo. ¿Habría sido ella la otra persona que descubrió la habitación secreta? ¿Sería ella la que hizo todas aquellas anotaciones en los márgenes del libro? ¿Por qué dijo que puede provocar horribles consecuencias? Las palabras de la señorita Agnes hicieron deducir a Lilly que el libro puede alterar el comportamiento de las personas, que puede transformarlas en lo más oscuro que poseen dentro. En el caso contrario, no tendría sentido que le hubiera dicho que pueden provocar guerras y frenarlas o que pueden destrozar familias.

—Pero solo me faltan dos capítulos— bisbiseó con los nervios rasgando sus venas.

Lilly estaba decidida a leer, a pesar de las consecuencias que pudiera conllevar. Quería terminar el libro, no podía dejarlo a medias.

—El penúltimo capítulo— dijo con voz temblorosa—. El hermano indigno. Dios, cuando los hermanos inseparables prosiguieron con el camino, dio un salto enorme. Acto seguido se escuchó un estruendo que hizo temblar toda la tierra y los árboles se tambaleron en todas las direcciones. Cuando aterrizó, una nube de polvo se elevó por encima de todos y Dios hizo una reverencia al hermano que debía pedir su deseo. Él, que no tenía muchas ambiciones en la vida, que no ansiaba nada en concreto, tuvo muy claro qué pedir. Éste, alzando la barbilla y adoptando una postura ególatra, quiso humillar aún más a Dios y le exigió el cielo asegurado después de la muerte. Y añadió que ansiaba deshacerse de sus obligaciones espirituales y divinas, que no quería tener responsabilidades ni problemas, que solo quería obedecer su instinto y sus pasiones más sensoriales. Dios, que no se vio sorprendido por la petición, accedió. Pero puso una condición: "Deberás amar a una persona más que a ti mismo. Si lo logras, tendrás el cielo asegurado, confía en mi palabra". El hermano indigno, que estaba muy contento con el pacto, aceptó y se marchó. También prosiguió con el camino. Pasaron los años y, a asabiendas del trato realizado, no encontró a nadie. La pereza, el rechazo al esfuerzo, a comprometerse con algo y el obedecer a su propio instinto le tendieron una emboscada. El hermano indigno murió de vejez, pero vivió una vida condenado a ir al infierno. Y así fue como Dios se lo llevó al mundo del pecado y del castigo eterno.

Repentinamente se apagaron las luces de la biblioteca. Lilly cerró el libro de un golpe y echó un vistazo al reloj; eran las nueve y media de la noche. El libro transformaba el tiempo en un papel débil que se puede doblar y romper con un simple gesto baladí. Había estado toda la tarde encerrada leyendo en la biblioteca. Cuando salió afuera se encontró con la señora Pitickson, que la estaba buscando. Las otras niñas ya estaban en el orfanato.

—Por Dios Lilly, ¿dónde has estado?

No supo qué responder. Montaron en el coche y abandonaron la escuela.

La excursión y el cuento del hermano indigno: eso es todo lo que me contó en el penúltimo día de conversación. No hablamos mucho, pues yo me encontraba un poco enfermo, la cabeza me estaba a punto de estallar. Ella accedió a dejar el final para el siguiente día. Hizo incapié en que no faltara y que viniera en perfectas condiciones: con el magnetófono listo y papel suficiente para anotarlo todo. También me advirtió que nada de lo que me había explicado hasta el momento tenía sentido sin lo que me iba a contar a continuación. No tengo más detalles del día de la excursión, de cuando la señorita Agnes le dijo todas esas cosas. Lamento no tener más información acerca de la profesora, me pareció muy relevante su papel en la historia de Lilly. Lo que tengo escrito es lo que me transmitió. Regresé al hotel y pedí un medicamento en la recepción. No quería perderme nada de la charla del día siguiente. Si la señora Paige me dijo que la historia de su vida estaba condicionada por esos hechos, yo debía escucharla con todos mis esfuerzos, anotar todo lo que estuviera en mis manos y preguntar acerca de todo lo que me pasara por la cabeza. No podía admitir que quedara un cabo suelto. Era la última pincelada, los detalles más significativos que darían el acabado perfecto a mi relato.

15 ESTAR PREPARADA

Recuerdo que no me costó nada despegarme las sábanas. Cuando sonó la alarma, me desperté de un salto y me puse manos a la obra: tenía que ir a comprar libretas nuevas y cambiar la cinta del magnetófono. Esta vez acordamos vernos en el café a las tres, dos horas antes que lo habitual. Así que debía comer temprano para no dormirme. No sabía si la conversación iba a durar cuatro horas o una docena. Me roían por dentro esas ganas de descubrir que todo escritor experimenta cuando está recopilando información para una novela. Si no me equivoco, pues ya han pasado años y mi memoria puede construirme emboscadas, llegué al café con una hora de antelación. Cuando la señora Paige apareció, yo ya estaba preparado. Tengo la imagen en la cabeza de cuando entró en el local: las valijas enormes con ruedas, el abrigo grueso de piel y el sombrero color morado que le caracterizaba: igual que la primera vez que la vi, excepto las maletas. A lo mejor no era yo el único que pasaría su último día en Londres. Pero esto no es relevante, lo que hiciera la señora Paige después de nuestro despido ya no era de mi incunvencia. Se sentó en la mesa, en el mismo lugar en que habíamos conversado las noches anteriores, y empezó a contarme.

—¡Lilly despierta, despierta!— gritó la señora Pitickson tratando de sacarla de un sueño profundo.

Lilly abrió los ojos y se quitó las legañas para poder ver bien a la señora Pitickson, que estaba muy alterada.

—¿Qué hora es? No es ni de día— dijo Lilly peinándose el pelo hacia atrás.

—Son las cuatro Lilly, han llamado del hospital.

—¿Las cuatro?, ¿el hospital?

Se levantó con dificultad, las piernas le temblaban. En su interior sabía que se trataría de una noticia terrible, pero algo le impedía pensar qué era. Sentía que no estaba preparada.

—Salimos en tres minutos— añadió la señora Pitickson—. Te preparo algo de comida.

Lilly cogió su uniforme del colegio y se

cambió lo más rápido que pudo. Las otras niñas estaban durmiendo. La mochila estaba allí, en la mesita de noche, con el libro dentro. Pensó que a lo mejor se trataba de un contratiempo como cualquier otro, que no merecía la pena preocuparse tanto. Pero enseguida recapituló y vio a su madre, toda flaca en la cama del hospital, tendida y sin fuerzas.

—¿Ya es hora de ir al colegio?— preguntó Carol apoyada con el codo en el colchón y los ojos entrecerrados.

—Acuéstate, aún no es de día.

—¿Adónde vas?

Lilly no contestó y, mientras acarreaba la mochila a sus espaldas, salió de la habitación y cerró la puerta. Bajó las escaleras lo más rápido que pudo, tenía los cordones desatados e iba desmelenada.

—No quiero nada de comer.

—Tienes que coger fuerzas, a lo mejor no vuelves hasta el mediodía— replicó la señora Pitickson. Asió el bocadillo que había preparado y se lo dio.

—Voy a guardarlo en la mochila, ahora no tengo hambre— Lilly se sentó en una de las sillas del comedor para atarse los zapatos—. ¿Te han dicho qué le ha pasado?

—Sí, por supuesto— cogió su chaqueta y se la puso—. Parece ser que ha vuelto a tener un ataque y está muy grave, más que el otro día.

—Entiendo— dijo Lilly mientras se levantaba y se abrochaba bien los botones del abrigo.

Montaron en el coche, que estaba aparcado delante del orfanato, y emprendieron el camino. Fueron los minutos más largos de su vida. No hay nada peor que la espera a la muerte. Lilly quería que todo acabara. Se sentía mal porque una parte de ella deseaba que su madre muriera, que la angustia terminara. La otra quería aferrarse a aquella pequeña posibilidad de sobrevivir, de salir adelante pese a las consecuencias, pese al sufrimiento. Cuando llegaron al hospital, el hall principal estaba vacío, no había ninguna enfermera. De modo que decidieron ir a la habitación 333 por su cuenta. Una vez allí, encontraron la puerta abierta.

—¿Lilly?— oyó de una voz pastosa y baja que era difícil de entender.

—Estoy aquí, mamá— dijo mirándola fijamente, cogiendo su mano frágil para que sintiera que estaba a su lado.

Tenía los ojos cerrados y estaba cubierta

hasta el cuello por la sábana. Su cabeza descansaba en un cojín grueso.

—Estoy aquí— repitió Lilly.

—Lo sé, mi niña. Lo sé— abrió los ojos y trató de enfocar su mirada en el rostro de Lilly. Luego esbozó una pequeña sonrisa que transmitía un sentimiento de culpa.

—Tengo miedo— dijo mientras apretaba aún más la mano de su madre—. Tengo miedo de que te vayas, de que me dejes sola.

Veía la mano de su madre, la veía a ella tendida en la cama, sus ojos otra vez cerrados. Y notaba que no tenía fuerzas, que cada palabra le costaba el aliento.

—No debes tener miedo— tosió un poco y, pulsando uno de los botones del borde de la cama, se inclinó y se puso a la misma altura que Lilly—. Eres una chica valiente, no debes tener miedo.

Sentía que se ahogaba, que el pecho le volvía a hacer un estruendo, que un tren descarrilaba en su estómago. Pero en su mirada no se veía ningún rastro de las lágrimas que en las otras visitas le nublaban la vista. Tomó la mano de su madre aún más fuerte. Ella abrió los ojos y la vio allí, quieta, imperturbable. Su mirada estaba gastada, tenía los ojos rojizos y la cabeza humedecida por el sudor. Entonces

Lilly supo que no había vuelta atrás. Que independientemente de lo que ella quisiera o de lo que sintiera, iba a pasar. Y se dio cuenta de que nunca jamás había deseado con mayor contundencia que su madre la dejara que en ese instante. Sabía que iba a suceder y que, con el tiempo, lo iba a superar.

—¿Te vas a ir mamá?— dijo secándole las gotas que le caían por la frente.

—Me temo que sí, mi niña— y le resbaló una lágrima por la mejilla—. Pero tú eres una chica fuerte, vas a seguir adelante.

Se tumbó junto a ella y la rodeó con el brazo, sujetándola. Estaban las dos tendidas en la cama, mirando hacia el techo. Lilly sujetaba a su madre con fuerza. Y sentía que estaba preparada, que había llegado el momento.

—Estoy lista mamá— susurró Lilly con el corazón en un puño y balbuceando— Estoy lista.

—Te quiero, mi amor.

Y dio su último suspiro. Fue en ese momento, en el momento en que ella quería que sucediese, en el momento en el que estaba preparada, cuando habían podido hablar como lo hacían antes, cuando Dios se la llevó.

—Gracias por todo, mamá.

Lilly se levantó y se puso en pie como

pudo. Las piernas le tambaleaban y la cabeza le daba mil vueltas. Sentía que su corazón estaba partido, que le faltaba un pedazo de alma. Pero también se sentía liberada. Se quitó un peso de encima que llevaba cargando durante años. Un peso en forma de terror y sufrimiento. Pudo por fin dejar que ella se fuera en paz.

—Lo siento Lilly— dijo la señora Pitickson mientras cogía la mochila y la cargaba a sus espaldas—. Venga Lilly, ven conmigo.

Un enfermero las acompañó hasta el coche y les indicó la salida. Eran las seis de la mañana y las carreteras estaban vacías. No dijeron ni una palabra durante el viaje. Cuando llegaron al orfanato las chicas aún seguían durmiendo. Lilly ya no podía conciliar el sueño, de modo que decidió sacar el libro de la mochila y leer el último capítulo.

16 LAS HERMANAS GEMELAS

—Y de repente, en el bosque oscurecido, solo quedaban las hermanas gemelas, las más pequeñas— dijo en voz baja, la mano aún le temblaba y tenía la mirada inquieta—. Dios, que quería ver que su unión traspasaba la similitud física, quiso tentarlas aún más. Les dijo que, como eran hermanas gemelas solo tenían derecho a pedir un deseo. Que tendrían que discutirlo entre ellas. De esta manera Dios puso a prueba su unión de sangre. Se sentó en una piedra enorme y esperó. La luz de la luna iluminaba el pequeño claro en medio de todos los árboles inmensos. Dios las ensombrecía mientras ellas discutían qué debían pedir.

—Lilly, si quieres podrás quedarte hoy y no ir al colegio— la señora Pitickson había entrado en la habitación, llevaba el pijama puesto—. No hace falta que vayas si no quieres.

—Sí iré, tengo que devolver el libro— contestó sin despegar la mirada del libro.

—¿Estas segura?

—Sí, voy a ir.

La señora Pitickson supo que la había interrumpido y, con mucho sigilo, salió de la habitación ajustando la puerta. Lilly volvió a concentrarse y con un suspiro prosiguió. Las manos aún le vibraban, la linterna se movía, pero seguía alumbrando bien.

—Cuando las hermanas tuvieron claro su deseo, avisaron a Dios— continuó Lilly. Otra vez la niebla empezó a colarse entre sus piernas y poco a poco invadió toda la habitación, igual que la otra noche. La fuerza misteriosa hizo que empezara a levitar por encima de todo. Y se comenzaron a distinguir las figuras lejanas en la niebla: el bosque iluminado por la luz tenue de la luna, las hermanas en el claro, ensombrecidas por la inmensidad de Dios. Y continuó leyendo—. Hicieron un gesto de admiración y, poniéndose de rodillas, pidieron su deseo. Querían el frasco de la belleza. En aquellos tiempos se creía que existía un frasco que volvía hermosas a aquellas mujeres que bebían de él. Cuanto más bebías, más hermosa te veías. Pero nadie, en ningún pasaje del mundo, lograba encontrarlo. Dios se levantó y se puso en pie. Sin decir nada cogió una rama de un tejo y arrancó la hoja más preciosa. Con un soplo de su aliento la transformó en el frasco de la belleza. Y encorvándose se lo entregó a las hermanas. Dios ya había concedido los deseos a los siete hermanos. Desapareció entre los árboles del bosque y nunca más se le volvió a ver. Las hermanas gemelas, que estaban muy contentas con su adquisición, salieron del bosque y prosiguieron con el camino. Pero con el paso del tiempo el líquido del frasco se iba consumando. Y con esto empezaron las disputas. La unión entre las hermanas se fue debilitando hasta tornarse hostil. Una de ellas, la que se vio afectada por la soberbia, sentía que quería ser superior a su hermana de sangre, que quería ser más hermosa y, una noche de cielos muy oscurecidos, cogió el frasco y desapareció. La otra hermana, que era muy envidiosa y se sentía traicionada, decidió ir en su busca. Emprendió un largo viaje para dar con ella. Tras unos meses agotadores de indagar, la encontró en un refugio en las altas montañas. Estaba durmiendo en uno de los aposentos y se veía más hermosa que nunca. Y el frasco estaba allí. Lo recuperó con mucho cuidado y, para asegurarse que no volviera tras ella para recuperarlo, le rodeo el cuello con una soga y apretó hasta que la asfixió. Una vez tuvo el frasco en sus manos bebió todo el líquido que quedaba, pero no resultó dar efecto. La piel no se volvió aún más blanca, sus ojos no se tornaron más claros. Sino que su piel empezó a caerle del rostro a pedazos, su boca empezó a agrietarse y sus ojos se desencajaron. El frasco estaba envenenado, pues la hermana gemela se había preocupado de que nadie nunca pudiera ser más hermosa que ella. Y así fue como Dios se las llevó al mundo del pecado y del castigo eterno. La unión de las hermanas gemelas se vio despedazada a causa de la soberbia y la envidia, que les impidió vivir en paz, como hermanas de sangre.

La niebla desapareció y Lilly volvía a estar en el suelo, con el libro entre las manos. La niebla había desaparecido.

17 ESCONDER

Cuando pudo recuperar la compostura, notó el sabor en su boca. Luego pasó a la garganta hasta apoderarse de todo el cuello. Se había golpeado contra el suelo, y una vez en pie supo que ese era el sabor metálico y asqueroso de la sangre. Ahora sí podía distinguirlos. Y lo escupió, lo lanzó contra el suelo. Luego levantó la mirada y se peinó el pelo hacia atrás.

—¿Se ha hecho sangre la pobre niña huérfana?— también podía oír a Hana riéndose detrás de ella, y sabía con total claridad que Conor estaría muy orgulloso y se jactaría de lo que había hecho—. ¿Crees que a Conor le importa que tu estúpida madre loca haya muerto?

—¡Está sangrando! ¡Está sangrando!—añadió Hana con un tono cancionero, a la vez que la señalaba y se reía.

Lilly les dio la espalda, sacó el pañuelo que llevaba en un bolsillo del jersey y se secó la sangre que le bajaba por la barbilla. El corte no era muy profundo, con un poco de agua se curaría la herida. Pero entonces, cuando ya se estaba librando de la situación, pasó algo más.

—¿Crees que puedes darnos la espalda, Lilly?— Conor lanzó su mochila al suelo y se interpuso en su camino. Pronto se formó un círculo alrededor—. Mírame a los ojos cuando te hablo, a mí me miras a los ojos, ¿vale?

Conor hablaba con voz tranquila, como imitando la de las personas mayores que es mejor no toparse por la calle. O como los personajes malvados de las películas que hablan a sus víctimas con una actitud complaciente. Alzó la mano y agarró a Lilly del pelo.

—¡Déjame Conor, suéltame!

—Te voy a soltar si me miras a los ojos—dijo tirando aún más del pelo—. ¡Mírame a los ojos!

Lilly alzó la vista y puso sus ojos fijos en los de Conor. Entonces él esbozó una sonrisa. Ella tenía una mirada inerte, sin vida. Su rostro reflejaba lo dura que había sido esa noche, lo injusta que estaba siendo la vida.

—Así me gusta niña asquerosa.

Las personas que conformaban el círculo alrededor empezaron a aplaudir como demonios. Conor le soltó el pelo e hizo unos pasos hacia atrás. Lilly seguía de pie, ya no le temblaban las piernas, la sagre de la barbilla se había secado y su mirada seguía fija en la de Conor.

—¿Qué ocurre aquí?— el director apareció entre el tumulto de gente y vio el rostro de Lilly. El círculo de espectadores se deshizo y solo quedaron ellos tres—. ¿Quién te ha hecho esto Lilly?

—He sido yo— contestó Conor con un tono chulesco—. Pero ha empezado ella.

Lilly dio unos pasos hacia delante y le agarró de la camisa. No tenía fuerzas, sin embargo, la ira que le ardía por dentro era como una bola de fuego que quemaba en su interior.

—¡Es mentira, yo no te he hecho nada!— cogió una piedra del suelo y la empotró contra la cabeza rapada de Conor, que cayó al suelo.

—¡Lilly! ¿Qué haces?— gritó el director mientras trataba de mirar si la herida era grave— ¡Estáis los dos castigados, estaréis el resto del día en la biblioteca del sótano copiando sin parar!

El director les acompañó a la biblioteca y los puso uno en cada mesa, trabajando hasta que el reloj marcara las cinco de la tarde. Y se quedaron solos, Lilly en frente de Conor, no podían ni mirarse.

—Me han castigado por culpa tuya— dijo Lilly sin quitar la atención en el papel.

—¿Crees que siento pena porque tu madre haya muerto?— contestó Conor levantándose de la silla—. Aquí nadie podrá oírte chillar como una niña huérfana.

—¡Cállate!— exclamó con todas sus fuerzas, tratando de frenar sus palabras. A cada palabra que salía de la boca de Conor, ella recordaba a su madre, en la cama, toda flaca y a punto de morir—. ¡Vuelve a hablar de mi madre y te mato!

Lilly se levantó y cerró el libro de actividades. Conor adoptó su postura de chico mayor, puso las manos sobre la mesa y la señaló.

—¿Tu madre estaba chillando antes de morir? ¿Se puso a bailar como una loca antes de dejarte sola en el mundo?— preguntó mientras se acercaba poco a poco—. Eres igual que ella, estás loca.

—¡No tienes ni idea de cómo era mi madre!— lo apuntó con el dedo índice y le dio un pequeño empujón. Conor, al ver la furia de Lilly, se hechó un poco hacia atrás. Sus ojos estaban muy abiertos y las pupilas engrandecidas. Ya no parecía una chica débil a la que acosaban, era más bien una mujer fuerte.

—Todo el colegio sabe que tu madre era una loca, y tú serás como ella. ¡Una estúpida!

Con estas palabras a Lilly se le contrajo el estómago. La bola de fuego se hizo aún más grande hasta invadir todo su cuerpo. Con un grito de indignación empujó contra la estantería a un sorprendido Conor, que perdió el equilibrio y cayó al suelo. Se hizo un silencio agotador, el mismo que anoche en el hospital, cuando su madre dio su último suspiro. Entonces la sangre empezó a esparcirse por el suelo rodeando la cabeza de Conor. No se movía, estaba pálido, con los ojos medio abiertos, sin expresión. Lilly se echó las manos a la cabeza. El charco de sangre se iba engrandeciendo. Y entonces supo que debía hacer algo. Recordó que tenía el libro en la mochila, que debía devolverlo y que, cuando lo hiciese, se abriría la puerta secreta. De modo que, con el pulso descontrolado, cogió el libro de la mochila, acercó una silla a la estantería para llegar más alto y devolvió el libro.

—Se abre al devolverlo— susurró con las manos juntas en modo de plegaria.

Los libros empezaron a moverse a izquierda y derecha, arriba y abajo, adelante y atrás, acompañados del mismo sonido ensordecedor que la otra vez. Parecía que la madera se estuviera desquebrajando en mil pedazos, que cientos de bebés chillaran en orquesta. Poco a poco la puerta se fue conformando delante de ella.

—Ya está— se puso las manos a la cabeza, miró el cuerpo de Conor que estaba en el suelo sin vida y dio un pequeño suspiro—. Tengo que hacerlo.

Tomó los pies de Conor, sus zapatos estaban humedecidos por la sangre que había perdido y que se propagaba por el suelo. Lo empezó a arrastrar con todas sus fuerzas por la madera. La cabeza iba revotando contra la moqueta a medida que iba avanzando. Los brazos, que también estaban ya ensangrentados, se echaron hacia atrás marcando una línea recta en dirección a la habitación misteriosa. Lilly terminó de esconder el cuerpo, lo puso en una esquina y lo tapó con una sábana que había en el suelo de piedra. Salió tan pronto como pudo por la puerta y suspiró muy fuerte, como nunca lo había hecho.

—Ya está, ya está.

En el momento en que dijo esas palabras empezaron a caer los libros de la estantería. Se formó una pequeña montaña y, como la otra vez, empezaron a levitar de manera ordenada y volvieron a su lugar de origen. Lilly procuró que no quedara ninguna mancha de sangre en la biblioteca. Entonces se sentó en su silla, se llevó las manos a la cabeza y, mientras la bola de fuego del estómago iba perdiendo fuerza, supo que, cuando murió su madre entre sus manos, no se le escapó ni una sola lágrima. Que cuando todos se reían de ella en el patio y le hacían daño, tampoco se le escapó una sola lágrima. Y que, cuando arrastró el cuerpo de Conor ensangrentado, no tuvo el valor de desprender una sola lágrima. Y así fue como Dios se lo llevó.

Marcaron las cinco. El director apareció por la puerta y, por su sorpresa, solo encontró a Lilly sentada trabajando con el cuaderno de actividades. Ella le hizo saber que Conor se había escapado, que se había marchado de la biblioteca.

18 UNA DECISIÓN

Eran ya las doce de la noche, puede que las doce y media, no lo recuerdo con exactitud. La señora Paige ya había acabado y estábamos hambrientos. Cuando ella dijo la última palabra, cuando acabó de contármelo todo, se prolongó un silencio durante unos minutos. No fue un silencio incómodo. Pienso que ella estaba rememorando su pasado, indagando en aquella biblioteca y en los hechos que allí tuvieron lugar. Yo estuve asimilando todo lo que me había contado, repasando mis notas, revisando que no hubiera ningún error. No se me pasó por la cabeza preguntar más acerca de aquellos hechos, no quería romper la magia que se había formado. Fue ella la que rompió el silencio. Me costaba mirarla a los ojos. Veía en ella una persona totalmente distinta a la que conocí unos días antes. Supongo que la tenía idealizada. Me hizo prometerle que todo lo que me había contado no saldría a la luz hasta después de su muerte. Que no diría ni una palabra hasta que ella no hubiera sido enterrada. Nos despedimos con un caluroso apretón de manos, agradecido por una y otra parte, pero sin la idea de volvernos a ver. No puedo decir que llegara a entablar amistad con ella. Sabiendo lo que sabía, era impensable. Nos habíamos cruzado en un día en el que los dos andábamos buscando algo, pero no sabíamos qué era. Compartimos mucho tiempo en el que charlamos largo y tendido. Pero una amistad se basa en el conocimiento mútuo. Dediqué los siguientes meses a investigar acerca de la desaparición de un niño. Si lograba verificar aquella desaparición, tendría un argumento de peso para pensar que todo lo que me contó era verídico. Y así sucedió: revisando la hemeroteca del periódico "The London News DN" encontré un caso de desaparición de un niño llamado Conor, en la misma región y en los años exactos en que la señora Paige estuvo en el colegio. El mismo año en que murió su madre. Sin embargo, he catalogado mi texto como ficción y en los nombres de los personajes no figura ningún apellido, excepto el de ella. Llegué a la conclusión de que Dios no se llevó a aquel probre chico, Dios no pudo castigarle por sus pecados. El poder de las historias, el poder de una chica que recibía acoso en el colegio, el poder del amor hacia una madre: esos fueron los motivos. Sin embargo, a pesar de todas las atrocidades que Lilly Paige Brown pudiera haber cometido, siempre la recordaré como una persona especial. La persona que me dio la oportunidad de escribir mi propia historia a través de la suya.

Son las diez en mi reloj y estoy aquí otra vez, en Londres. No pude asistir al entierro. Pero he venido para despedirme. Su lápida es alta y ancha, blanca, hecha de mármol: elegante, como lo era ella. Tengo el manuscrito entre las manos. Ahora soy yo el que tiembla. Noto cómo se forma un nudo en mi estómago. Y noto como una lágrima baja por mi mejilla. En ese momento surge la pregunta en mi interior. Un remordimiento me roe por dentro. ¿Ella habría querido que contara esta historia? ¿Le gustaría la forma en que la he escrito? ¿Debería publicar? Saco un pañuelo de mi bolsillo y me seco las lágrimas. Sujeto los papeles con mucha fuerza. Escucho la lluvia repiqueteando contra el suelo y empiezo a mojarme. El suelo está húmedo y me quedo mirando las gotas que se deslizan por la lápida durante unos minutos. Y entonces lo tengo claro. Dejo de angustiarme y decido devolver la historia a quien le pertenece. Las manos me siguen temblando y, con mucho cuidado, pongo el manuscrito sobre el nicho y las flores encima. Después abandono el cementerio, sin mirar atrás, de la misma forma que ella lo hizo la última vez que nos vimos en aquel café de Londres.

NOTA FINAL

Este es, sin duda, el libro más especial que he escrito hasta el momento. Los personajes evocan una realidad que solo puede manifestarse en lo ficticio. Tengo la sensación de que no es una historia inventada. Todo es cierto: lo extraordinario exsite y la realidad sobrepasa cualquier expectativa que podamos llegar a crear.

Printed in Great Britain
by Amazon